KB275961

А. Чеховъ

Nath' Hawthorne

Henry James

Franz Kafka

Katherine.

저 사람은 왜 저럴까?

타인을 통해 나를 보는 문학 단편선

저 사람은
왜 저럴까?

평론 한영인
번역 이정경

캐서린 맨스필드
헨리 제임스
안톤 체호프
프란츠 카프카
너새니얼 호손

우주상자

들어가며

도무지 이해할 수 없는 타인의 말과 행동 앞에서 우리는 질문합니다. "저 사람은 왜 저럴까?" 이 책은 그 질문 하나를 붙들고 시작되었습니다. 복잡한 서사보다는 인물의 내면 깊숙한 곳으로 곧장 걸어 들어가는 이야기들, 100년 전의 단편임에도 오늘의 마음이 투영되는 고전들만 추렸습니다.

고전이라는 이름의 딱딱한 벽을 허물고, 하나의 '질문'으로 묶어 각 인물의 캐릭터를 더 선명하게 드러내고자 했습니다.

소설이 끝난 뒤에는 독자로서의 번역가와 엮은이, 그리고 평론가의 시선을 나란히 두어, 같은 문장이 얼마나 다른 해석으로 확장되는지 보여줍니다. 마지막에는 독자가 자기 언어로 답을 만들어갈 수 있도록 질문을 남깁니다.

차례

Miss Brill

미스 브릴

캐서린 맨스필드

"네, 오랫동안 여배우 일을 해왔어요."

파란 하늘이 금가루를 흩뿌려 놓은 것 같았다. 프랑스 공립 공원이 화이트 와인을 끼얹은 것처럼 빛방울이 눈부시게 밝은 날, 미스 브릴은 모피 목도리를 두르고 나와 다행이라고 생각했다. 바람은 없었다. 입을 벌리면 희미하게, 유리컵에 담긴 얼음물을 마시는 순간처럼 찬 기운이 느껴졌다. 간간이 하늘 어딘가에서 날아온 나뭇잎 하나가 나부꼈다. 그녀는 목도리 위에 손을 갖다 댔다. '이 귀여운 것!' 다시 만져봐도 기분이 좋았다. 그녀가 오후에 박스에서 꺼내 잘 털고 빗질한 모피 목도리였다. 그녀는 작은 눈을 감고 있는 것만 같은 목도리가 생기를 되찾을 수 있도록 문질러주었다. "지금까지 무슨 일이 있었나요?" 목도리는 슬프고 작은 눈으로 말하는 것 같았다. 붉은 오리털 이불 위에서 반짝이는 두 눈을 보는 건 얼마나 즐거운 일인가. 그런데 거무튀튀한 코는 형태가 좋지 않았다. 그동안 눌려 있었기 때문일 것이다. 신경 쓸 거 없다. 필요할 때쯤 되면 제품을 발라주면 되니까… 이 귀여운 악동! 미스 브릴은 정말로 목도리가 자신의 왼쪽 귀 근처에서 꼬리를 물고 있는 작은 악동 같다고 생각했다. 벗어서 무릎 위에 올려놓고 쓰다듬을 수도 있을 것 같았다. 손과 팔이 조금 따끔거렸지만, 걷다 보니 생긴 일이라고 생각했다. 숨을 들이쉬자 가볍고 슬픈, 아니 슬프다고 하기보단 부드러운 어떤 것이 가슴으로 들어오는 것 같았다.

오늘 오후 공원에는 지난주 일요일보다 훨씬 많은 사람들이 나와 있었다. 밴드의 연주 소리도 더 크고 경쾌했다. 시즌이 시작됐기 때문일 것이다. 일요일마다 연주를 하지만, 시즌이 아닐 때는 소리가 확연히 달랐다. 그때는 집안에서 가족들만 들으라고 편하게 연주하는 수준이었다. 낯선 사람이 하나도 안 보인다 싶으면 연주에 그다지 신경도 쓰지 않았다. 오늘은 지휘자도 새 코트를 입고 있는 것 같았다. 미스 브릴은 새 옷이라고 확신했다. 지휘자는 수탉이 울기 직전처럼 발을 굴고 팔을 휘젓고 있었다. 초록색 둥근 지붕의 원형 홀에 앉은 연주자들은 볼을 부풀린 채 악보를 응시하고 있었다. 마침내 플루트의 음색이 살짝 흘러나왔다. 환하게 방울방울 이어지는 소리, '정말 예쁘네!' 미스 브릴은 이 부분을 한 번 더 연주할 것 같다는 확신이 들었다. 예상대로 같은 연주가 반복되자 고개를 들고 미소 지었다.

그녀의 특별한 자리 옆에는 오직 두 사람뿐이었다. 벨벳 코트를 입고 있는 잘생긴 할아버지와 몸집이 큰 할머니였다. 할아버지는 큰 조각이 새겨진 지팡이를 쥐고 있었고, 할머니는 실뭉치와 자수가 놓인 앞치마를 무릎 위에 놓고 허리를 꼿꼿이 세우고 앉아 있었다. 둘이 아무 말도 하지 않아서 미스 브릴은 실망했다. 그녀는 항상 대화를 고대했기 때문이었다. 짧은 시간 동안 대화를 엿들으며 타인의 삶으로 들어가 앉아 있으면서도, 안 듣는 척하는 방면으로는 꽤 전문가라고 스스로 자부하고 있었다.

그녀는 곁눈질로 노부부를 힐끗 보았다. 아무래도 금방 자리를 뜰 것 같았다. 지난주 일요일도 평소처럼 별 재미가 없었다. 영국 남자와 부인이 앉았는데, 남자는 보기 흉한 중절모를 쓰고 있었고, 부인은 단추 달린 부츠를 신고 있었다. 부인은 내내 안경을 어떻게 써야 하냐는 이야기만 계속했다. 안경이 필요한 건 알지만 있어 봐야 소용도 없다는 말이었다. 항상 부러지고 마는데 어떻게 계속 쓸 수 있느냐는 것이었다. 남편은 꽤 인내심이 강했다. 그는 테두리를 금으로 해보라, 귀에 걸치는 부분을 더 구부려 보는 건 어떻겠느냐, 코 받침에 패드를 대보라는 등 모든 해결책을 제시했다. "안경이 항상 코밑으로 흘러내린다고요!" 부인은 아무것도 마음에 들지 않은 듯했다. 미스 브릴은 부인을 붙잡고 마구 흔들어대고 싶은 심경이었다.

벤치에 앉은 노인 둘은 조각상처럼 움직이지 않고 있었다. 상관없다. 구경할 사람은 언제나 많으니까. 화단과 공연단 앞에 앉아 있으면 커플이든 그룹이든 사람들이 왔다 갔다 한다. 잠시 멈춰 이야기도 하고, 인사를 나누고, 난간에 가판대를 고정해 놓고 거지 행색의 노인에게 꽃을 한 움큼 사기도 한다. 꼬마들이 소리 내 웃으면서 그들 사이를 뛰어다녔다. 남자아이들은 턱 밑에 하얗고 커다란 실크 나비넥타이를 메고 있었고, 여자아이들은 벨벳과 레이스 드레스를 입은 작은 프랑스 인형 같았다. 가끔은 나무 아래에서 아장아장 걸음마를 뗄는 아기가 걸어 나오기도 했다. 잠시 멈추고, 어딘가를 보더니 엉덩방아를 쿵 찧는다. 곧바로 아기 엄마가 암탉처럼 종종걸음으로 나와 야단치며 아기를 데려간다. 그 외 사람들은 녹색 의자나 벤치에 앉아 있었는데, 일요일마다 거의 똑같았다. 미스 브릴은 앉아 있는 사람들에게 우스운 공통점이 있다는 것을 눈치챘다. 그들은 어딘가 이상하고 말이 없었으며 대부분 노인이었다. 그들의 눈빛을 보고 있으면, 작고 어두운 방이나 심하게 말하자면 벽장 속에 처박혀 있다가 막 나온 사람들 같았다.

공연단 뒤 마른나무들은 노랗게 바랜 잎을 떨구고 있었다. 나무 사이로 보이는 한줄기 바다, 파란 하늘 너머 구름 사이의 가는 금빛 줄.

텀텀텀 티들 덤! 티들 덤! 텀 티들 덤 텀 타! 밴드가 소리를 냈다.

붉은 옷을 입은 어린 소녀 둘이 푸른 옷을 입은 군인 둘을 만나 함께 웃더니 짝을 지어 팔짱을 끼고 사라졌다. 우스꽝스러운 밀짚 모자를 쓴 시골 아낙네 둘이 아름다운 잿빛 당나귀를 끌면서 우울하게 지나갔다. 창백한 수녀가 빠른 걸음으로 차갑게 지나갔다. 아름다운 여자가 걸어오며 제비꽃 다발을 떨어뜨렸다. 어린 소년이 꽃다발을 줍더니 쫓아가 건네주었다. 여자는 마치 독이라도 묻어있는 것처럼 꽃다발을 집어 던져버렸다. 저런! 미스 브릴은 그녀를 칭찬해야 할지 말아야 할지 알 수 없었다. 그녀 바로 앞에, 지금 족제비 털모자를 쓴 여자와 회색 옷을 입은 신사가 만나고 있다. 남자는 큰 키에 뻣뻣해 보였지만 품위가 있었다. 여자는 노랑머리였을 때 저 털모자를 샀던 것 같다. 지금은 그녀의 머리카락도, 얼굴도, 눈동자도 모두 낡은 털모자와 같은 빛깔이었다. 그녀가 입술을 만지려고 손을 올렸다. 깨끗한 장갑을 끼고 있는 저 손도 누리끼리한 짐승의 작은 발 같았다. '아, 저 남자를 만나서 정말 즐거운 것 같아. 기뻐하는 것 좀 봐!' 마치 오늘 오후에 그를 만날 것을 짐작했던 것 같았다. 그녀는 그동안 해변을 따라 여기저기 간 곳을 묘사했다. 날씨가 정말 매혹적이었다고… 그가 그녀의 말에 동의할까? 아니, 동의해 줄 수는 없을까? 하지만 그는 고개를 저었다. 담배에 불을 붙이고 그녀의 얼굴에 깊게 한 모금을 내뿜었다. 그리고 여전히 그녀가 말하고 웃고 있는 동안 불 붙인 성냥을 던지더니 가버렸다. 털모자만 혼자 남았다. 그녀는 아까보다 더 밝게 미소를 지었다. 하지만 밴드는 그녀의 기분을 안다는 듯 더 부드럽게, 더 다정하게 연주했다. 드럼은 "나쁜 놈! 나쁜 놈!"이라고 반복적인 리듬까지 넣었다. 그녀는 뭘 해야 할까. 이제 어떻게 되는 걸까. 미스 브릴이 궁금해하는 동안 털모자는 돌아섰다. 그리고 마치 저쪽에 훨씬 더 멋진 사람을 본 것처럼 손을 들더니 가볍게 총총거리며 걸어갔다. 밴드는 다음 곡으로 넘어갔다. 좀 더 빠른 곡으로, 그 어느 때보다 밝은 연주였다. 벤치에 앉아 있던 노부부는 일어나 멀리 걸어갔다. 긴 수염을 기른 조금 우스꽝스럽게 보이는 노인이 음악에 맞춰 비틀거리면서 걷다가, 넷이 나란히 걸어오던 처녀들과 크게 부딪혀 넘어질 뻔하기도 했다.

이 얼마나 근사한 일인가! 여기 앉아 모두를 바라보는 것을 그녀가 얼마나 사랑했는지, 얼마나 즐거워하며 만끽했는지 모른다. 한 편의 연극 같았다. 아니, 한 편의 연극이 분명했다. 하늘이 배경으로 색칠된 게 아니라는 것을 누가 믿을 수 있겠는가. 약에 취한 작은 갈색 개가 마치 연극에 등장하는 개처럼 근엄하게 걸어오더니 천천히 졸랑거리며 사라졌다. 미스 브릴은 그때 왜 그토록 그녀가 신나고 즐거웠는지 깨달았다. 모두가 무대 위에서 벌어지는 일이었기 때문이었다. 그저 보기만 하는 관객이 아니라, 모두가 직접 연기도 하고 있었다. 그녀도 배역을 맡은 몸이라 일요일마다 이곳에 나타나는 것이었다. 만약 그녀가 자리를 비운다면 누군가 알아챌 것이 틀림없었다. 어쨌든 그녀도 공연의 일부였다. 그동안 왜 이 생각을 못했는지 이상할 지경이었다. 그동안 매주 같은 시간에 집에서 나온 이유도 배우가 공연에 늦지 않기 위해서였다고 하니 이해가 되었다. 학교 영어 수업 중에 일요일 오후를 어떻게 보냈는지 학생들에게 말할 때, 왜 기묘한 부끄러움을 느꼈는지도 설명이 되었다. 어쩐지! 미스 브릴은 하마터면 큰 소리로 웃음을 터트릴 뻔했다. 그녀는 무대 위에서 공연 중이었다. 미스 브릴은 늙고 병약해서 혼자 생활할 수 없는 한 노인을 떠올렸다. 그녀는 일주일에 네 번, 오후에 정원에서 자는 그를 위해 책을 읽어주고 있다. 베개에 눕혀진 여윈 머리, 움푹 들어간 눈, 벌어진 입, 뾰족한 코에 어느 정도 익숙해졌다. 사실 전혀 신경 쓰지 않아서 혹시 그가 죽었다고 해도 몇 주 동안 알아차리지 못할지도 모르겠다. 그런데 갑자기 그 노인이 그동안 자신에게 신문을 읽어주던 사람이 배우라는 것을 알게 된다면! "여배우!" 노인이 고개를 든다. 노인의 눈 속에 보이는 빛 두 점이 떨린다. "여배우라니, 당신이…?" 미스 브릴은 신문을 대본인 것처럼 고이 다루며 부드럽게 말한다. "네, 오랫동안 여배우 일을 해왔어요."

　잠시 휴식 시간을 가졌던 밴드는 다시 연주를 시작했다. 이번 연주는 따뜻하고 햇살 같은, 어딘가 살짝 서늘한… 뭐랄까, 슬픔은 아니었다. 아니, 슬픔은 아니고 그저 노래하고 싶게 만드는 그런 선율이었다. 선율이 점점 고조되다가 빛이 환하게 쏟아졌다. 미스 브릴이 보기에 다음은 모두의 차례 같았다. 다 같이 하나가 되어 노래를 시작할 것 같았다. 젊은 사람들, 무리 지어 가는 사람들이 먼저 시작할 것이다. 그러면 용기와 결단력이 느껴지는 남성 목소리가 더해질 것이다. 다음은 여성들, 다른 여성들도, 이번에는 벤치에 앉아 있는 사람들 차례다. 그들은 반주를 넣듯이 들어온다. 높낮이가 거의 없는 낮은 음으로, 아주 아름답게, 감동적으로… 미스 브릴은 눈에 눈물을 가득 머금고, 함께 공연하는 동료들을 향해 미소를 지었다. 그래, 우리는 이해해, 이해하고 말고. 라고 그녀는 생각했다. 비록 무엇을 이해하는지는 몰랐지만 말이다.

　바로 그때, 한 소년과 소녀가 오더니 노부부가 있던 자리에 앉았다. 한껏 차려입은 그들은 사랑에 빠져 있었다. 두 사람은 당연히 남녀 주인공일 것이고, 둘은 남자 아버지의 요트에서 내려 이곳에 왔을 거라고 미스 브릴은 상상했다. 여전히 소리 없이 노래하고, 여전히 떨리는 미소를 지으며 그녀는 대화를 들을 준비를 했다.

　"안 돼, 지금은 아니야." 소녀가 말했다.

　"여기선 못해."

　"왜 안 되는데? 저기 끝에 앉아 있는 저 멍청한 늙은 것 때문에?" 소년이 물었다.

　"저 할멈은 여기 왜 기어 나오는 거야? 반기는 사람도 없는데. 저 바보 같은 면상이나 집에 처박아 두고 있을 일이지."

　"진짜 웃긴 건 저 모피야." 소녀가 킥킥거리며 말했다.

　"꼭 흰 살 생선 튀김 같이 생겼어."

　"아, 제발 좀 꺼져버렸으면!"

　　　　　　　　　　　　　　　　　　　

소년이 분노 섞인 목소리로 낮게 중얼거렸다. 그러고는 소녀를 향해 말했다.

"말해줘, 사랑스러운 우리 자기야⋯."

"안 돼, 여기서는," 소녀가 말했다.

"아직은 안 돼."

보통은 집에 가는 길에 제과점에서, 미스 브릴은 허니 케이크 한 조각을 사곤 했다. 일요일의 특별 디저트였다. 어떤 날은 케이크 안에 아몬드가 들어있기도 하고, 또 어떤 날은 없기도 했다. 아몬드가 있으면 깜짝선물을 받은 것만 같았다. 그런 일요일이면 그녀는 서둘러 집으로 돌아갔다. 그리고 주전자 물을 끓이기 위해 아주 멋지게 폼을 잡으며 성냥을 그어 불을 붙였다.

하지만 오늘은 제과점을 지나쳤다. 미스 브릴은 계단을 올라, 좁고 어두운 벽장 같은 자신의 방에 들어가 붉은 오리털 이불 위에 앉았다. 오랫동안 앉아 있었다. 모피 목도리가 들어있던 상자는 침대 위에 있었다. 목도리를 재빨리 푼 뒤 쳐다보지도 않고 바로 상자 안에 넣었다. 뚜껑을 덮자, 무언가 우는 소리가 들리는 것만 같았다.

The Real Thing

진짜

헨리 제임스

"저… 제가 여기서 뭘 좀 할 수 있을까요?"

I.

"선생님, 어떤 신사분과 숙녀분이 오셨습니다." 평소 현관 벨 소리에 손님을 맞이하던 문지기 아내의 말에 나는 대번에 초상화 모델이 왔음을 직감했다. 그 시절 나는 내가 바라는 것들을 미리 생각으로 떠올리곤 했기 때문이다. 방문객들이 모델인 것은 맞았지만 내가 원하던 초상화 모델은 아니었다. 처음엔 그들이 초상화 때문에 온 줄 알았다. 신사는 쉰 살 정도에 키가 아주 크고 꼿꼿한 체형이었다. 살짝 희끗희끗한 콧수염을 길렀고, 멋지게 어울리는 짙은 회색의 외출용 코트를 입고 있었다. 직업상 나는 이런 외적인 모습에 주목했다. 이

발사나 재단사의 시선이 아니라는 뜻이다. 유명한 사람들은 보통 눈에 확 띄기 때문에 유명 인사로 여겨질 법도 했다. 하지만 나는 외형이 번지르르한 사람은 절대 유명 인사가 아니라는 사실을 이미 알고 있었다. 귀부인은 힐끗 눈길로만 보더라도 이 역설이 떠오르는 사람이었다. 너무 눈에 띄어서 잘 알려진 인물일 리가 없었다는 말이다. 게다가 유명인을 둘이나 우연히 만나는 일은 더욱 희박한 확률일 것이다.

두 사람 다 바로 입을 열지 않았다. 서로 먼저 말하기를 바라는 듯 눈길을 주고받으며 시간을 끌었다. 그들은 아주 수줍어하며 내가 들어오라고 할 때까지 그곳에 서 있었다. 돌아보건대, 이것이 그들이 할 수 있는 가장 현실적으로 도움이 될 만한 행동이었던 것 같다. 이들이 이렇게 당혹스러워하는 데에는 이유가 있었다. 그동안 자신을 그려달라는, 다소 거북할 수 있는 욕망을 드러내는 데 극도로 불편해하는 사람들을 본 적이 있다. 하지만 오늘 이 새로운 친구들의 망설임은 참기 힘든 수준이었다. 남자가 먼저 "제 부인의 초상화를 부탁드리고 싶습니다."라고 하든가, 아니면 여자가 "제 남편의 초상화를 부탁드릴게요."라고 하면 될 일이었다. 어쩌면 두 사람이 부부가 아닐 수도 있다. 그러면 문제가 더 복잡해질 것이다. 어쩌면 두 사람이 함께 있는 초상화를 원하는지도 모른다. 그렇다면 그 말을 해 줄 수 있는 누구 한 명을 더 데리고 와야 했다.

"저희는 리베트 씨의 소개로 왔습니다." 귀부인이 살짝 웃으며 먼저 입을 열었다. 그 미소를 보아하니 젊었을 때는 꽤 미인이었겠다는 생각이 들었다. 하지만 그 미소는 마치 잘 그려진 스케치 위를 젖은 스펀지로 쓱 문질러 선들을 흐릿하게 지워버리는 듯한 인상을 주었다. 그녀는 프랑스인들의 표현대로라면 '다시 만들어진' 여인이었다. 말하자면 공들여 복원된 셈인데, 어쨌든 그녀는 '수리'를 거치기 전의 모습이 어떠했는지 궁금하게 만들 정도로 충분히 아름다웠다. 함께 온 신사처럼 그녀 역시 키가 크고 체형이 곧았으며 남자보다 열 살은 젊어 보였다. 다만 그녀는 표정 없는 여인처럼 슬퍼 보였는데, 계란형 얼굴 위로 정성껏 덧칠한 화장 너머로 세월에 마모된 흔적이 역력했다. 시간의 손길이 그녀를 마음대로 가지고 놀다가 큰 윤곽만 남겨놓은 것 같았다. 그녀는 날씬하고 꼿꼿했다. 장식과 주머니, 단추가 달린 진한 파란색 옷을 멋지게 차려입고 있었다. 둘의 옷은 같은 재단사가 만든 옷이 분명해 보였다. 이 부부는 풍요로워 보이지만 어딘가 아낀다는 느낌이 들었다. 어려운 자신들의 경제력에 비해 과도한 사치를 누리고 있음이 분명했다. 내 초상화가 그들의 사치에 일부라면 값을 신중하게 불러야 할 것 같았다.

"아, 클로드 리베트 씨의 소개로요?"라고 되물으며 그에게 감사하다는 말을 덧붙였다. 하지만 속으로는 풍경화를 그리는 화가 입장에서 딱히 손해는 아니었을 것으로 생각했다.

귀부인은 아주 진지하게 신사를 바라보았다. 신사는 방을 한 번 둘러보았고, 잠시 마룻바닥을 응시하더니 콧수염을 만졌다. 그리고 기뻐하는 눈빛으로 나를 보며 말했다.

"그 분께서 선생님이 적임자라고 하셨습니다."

"제 그림의 모델이 되시는 분들께는, 그러려고 노력하지요."

"저희도 그러고 싶어요." 귀부인이 초조해하며 말

했다.

"두 분을 같이 그리나요?"

두 방문객은 서로 눈치를 주고받았다.

"저도 함께 하기를 원하신다면, 두 배가 되겠군요."
신사는 더듬거리며 말했다.

"아, 그렇죠. 당연히 한 사람보다는 두 사람이 더 비
싸죠."

"우리도 그렇게 돈을 받으면 좋을 것 같지만," 남편
은 솔직히 고백했다.

"정말 감사하네요."

나는 뜻밖의 배려에 감사하며 대답했다. 그가 돈을
지불하겠다고 말하는 줄 알았기 때문이다.

귀부인의 얼굴에 이상한 기색이 보였다.

"삽화를 말하는 건데요. 리베트 씨가 선생님의 삽화
에 저희가 모델을 할 수 있을 것 같다고 해서요."

"삽화 모델을요?" 나도 그들처럼 당황하며 말했다.

"아시다시피 이 사람을 그리시는 거죠." 얼굴을 붉
히며 신사가 말했다.

클로드 리베트가 그들을 나에게 보낸 이유를 그제야

깨달았다. 내가 잡지나 이야기책, 그리고 요즘 생활상을 그리는 흑백 단색화 작업 때문에 모델이 필요하다고 얘기한 것이다. 사실이었다. 하지만 위대한 초상화가로 돈과 명예를 얻고 싶다는 내 생각 또한 떨쳐낼 수 없었다(이제는 고백할 수 있을 것 같다. 초상화가에 대한 내 열망이 이 모든 것을 이끌어 낸 건지, 아니면 아무것도 하지 못했는지… 그 판단은 독자들에게 맡기겠다). 삽화는 돈벌이를 위해 하는 일인 동시에, 내게 가장 흥미로운 분야이자 명성을 남길 수 있는 예술의 한 영역이었다. 따라서 삽화로 수익을 기대하는 것은 전혀 부끄러운 일이 아니었다. 하지만 이 방문객들은 단순히 일을 하러 온 사람들(모델)처럼 보이지 않았다. 그들은 초상화를 의뢰하러 온 귀한 손님처럼 보였다. 그렇기에 그들이 초상화를 맡기러 온 의뢰인이 아니라는 사실을 깨달았을 때, 내 기대감은 무너졌고 실망할 수밖에 없었다. 나는 이미 그들을 초상화의 주인공으로 점찍어두고, 어떤 타입인지 파악해 어떻게 그려야 할지까지 결정하고 있었기 때문이었다.

"아… 당신들은… 당신들은… 그…?"

나는 놀란 마음을 가라앉히며 말을 꺼냈다. 모델이

라는 칙칙한 단어를 차마 꺼낼 수 없었다. 그들과는 도무지 어울리지 않는 단어처럼 보였다.

"우린 이런 걸 해본 적이 없어요." 귀부인은 말했다.

"저희는 뭐든 해야 합니다. 선생님 같은 예술가는 어쩌면 우리를 통해서 뭔가를 하실 수 있을 것 같고요."

남편이 화제를 전환하듯이 말했다. 그는 그들이 아는 예술가가 많지 않다고 덧붙이며, 먼저 우연히 몇 년 전 노퍽의 어느 장소에서 스케치를 하고 있던 리베트 씨(물론 풍경화가지만, 내가 기억하기로, 그가 가끔 인물을 그리기도 했다)에게 갔다고 말했다.

"우리도 예전에 그림을 좀 그렸던 적이 있어요." 귀부인이 넌지시 말했다.

"이상하게 보이실 수도 있겠지만, 저희는 진짜 뭐든 해야만 하는 상황이라서요."

그녀의 남편이 말을 이었다.

"물론 저희가 아주 젊지는 않지만요." 그녀는 힘없이 웃으며 인정하듯 말했다.

자신들에 대해 좀 더 아는 게 좋겠다고 하며, 남편은 깔끔한 새 명함 지갑에서 명함을 꺼냈다(그들의 소지품들은 모두 상태가 아주 좋은 새것이었다). 명함에는 '모나크 소령'이라는 글자가 적혀있었다. 인상적인 명함이었지만, 여전히 그에 대해 알 수 있는 정보는 없었다. 그 방문객은 보충하듯이 말했다.

"저는 군을 떠났고, 불행하게도 재산을 잃었습니다. 솔직히 저희가 경제적으로 매우 어렵습니다."

"정말 답답한 일이에요." 부인이 말했다.

그들이 신중하게 행동하려고 애쓰는 것은 분명해 보였다. 자신들이 신사 계급이라는 과시도 하지 않으려고 노력하고 있었다. 자신의 계급을 약점으로 여길지도 모르겠다는 생각이 들었지만, 동시에 힘든 시간을 견딜 수 있게 만드는 자부심으로도 느껴졌다. 계급은 그들의 장점이 분명했다. 하지만 응접실을 멋져 보이게 하는 데 도움이 되는 식의, 사교적인 의미의 장점이었다. 어쨌든 응접실이란 언제나 그저 한 폭의 그림에 불과하거나, 한 폭의 그림 정도에 그쳐야 하는 법이다. 더도 덜도 아닌 그뿐이다.

나이를 언급한 아내의 말에 덧붙이듯이 모나크 소령은 말했다.

"당연히, 저희가 모델을 생각한 이유는 다 몸매 때문입니다. 여전히 몸매를 잘 유지하고 있거든요." 언뜻 보아도 몸매가 그들의 강점이라는 것이 분명해 보였다. 그가 말한 그 '당연히'라는 말은 허세로 들리지는 않았지만 문제를 분명하게 해주었다.

"아내의 몸매는 정말 최고죠."

그는 저녁 식사 후에 편안한 대화를 하듯이 자신의 아내를 가리키면서 고개를 끄덕이며 말을 이었다. 나는 마치 우리가 와인 한잔을 기울이며 편안히 대화하는 것처럼, 그의 외모도 아내 못지않게 훌륭하다고 응수할 수밖에 없었다. 내 말에 그가 대꾸했다.

"선생님께서 저희 같은 사람을 그릴 일이 있다면 우리야말로 적임자라고 생각했습니다. 특히 책 속의 귀부인을 그릴 때 제 아내가 그렇겠지요."

나는 그들이 흥미로웠고 더 알고 싶었기 때문에, 그들의 관점을 이해하려고 최선을 다했다. 하지만 마치 동물을 사거나, 쓸모에 따라 흑인 노예를 고르는 것처럼 신체적으로 그들을 평가하고 있는 내 모습이 당혹스러웠다. 그들은 감히 사람을 품평해서는 안 될 자리에서 만날 법한 사람들이었다. 그럼에도 나는 모나크 부인을 충분히 객관적으로 바라봤고, 조금 후에는 확신에 찬 목소리로 말할 수 있었다.

"오, 맞아요. 책 속의 귀부인 같네요!"

그녀는 기묘하게도 형편없는 삽화의 인물 같았다.

"원하신다면, 한 번 일어서 보겠습니다." 소령이 말하며 위엄 있게 내 앞에서 몸을 일으켜 세웠다.

한눈에 그의 키를 가늠할 수 있었다. 약 188센티미터 정도의 완벽한 신사였다. 신입회원을 모집 중인 단체가 있다면 월급을 주면서 그를 고용하면 정말 좋을 것 같았다. 만약 이 신사가 눈에 띄는 창가에 앉아 있기라도 한다면 상업적인 간판 효과가 대단할 것 같았다. 그러자 곧바로 그들이 나를 찾아오느라 자신들의 천직을 놓친 것이 아닌가 하는 생각을 했다. 광고를 목적으로 하는 일에 훨씬 더 유용할 것이 분명했기 때문이다. 구체적으로 어떤 일이 될지는 알 수 없지만, 어쨌든 돈벌이에 기여할 수 있음은 확실해 보였다. 남의 물건을 팔아주거나, 남의 돈벌이를 위한 기여겠지만, 어쨌든 조끼 제작자나 호텔 카운터, 비누 용품 판매원이라면 꼭 필요할 것 같은 무언가가 있었다. 그들이 "우리는 항상 이 제품을 사용합니다"라는 문구를 가슴에 붙이고 있다면 광고 효과가 상당할 것이라는 생각이 들었다. 새로 선보이는 고급 호텔 코스요리를 먹고 있는 그들의 이미지가 내 머릿속에 즉각적으로 그려졌다.

모나크 부인은 조용히 앉아 있었는데, 자존심이 아니라 수줍음 때문이었다. 잠시 후, 남편이 그녀에게 말했다. "여보, 일어나서 당신이 얼마나 세련되고 단아한지 보여주는 게 어떻소." 그녀는 순순히 따랐지만, 사실 굳이 일어설 필요는 없었다. 그녀는 방 끝까지 걸어갔다가 발그레한 얼굴과 당혹스러운 눈빛으로 남편을 바라보며 다시 걸어왔다. 그러자 내 머릿속에는 파리에서 우연히 목격한 한 장면이 떠올랐다. 그때 나는 새 연극을 준비하는 연출가 친구를 만나고 있었는데, 배역을 맡고 싶어 하는 여배우가 그를 찾아왔다. 그녀는 모나크 부인이 했던 것처럼, 왔다 갔다 하며 자신의 실력을 보여주었다. 모나크 부인도 그 여배우만큼 훌륭하게 워킹을 했지만, 나는 박수치는 것을 삼갔다. 이런 사람들이 저렴한 모델 일을 하려고 하는 것이 너무 이상했다. 그녀는 1년에 1만 파운드는 버는 사람처럼 보였다.[1]

---

1 당시 연소득 1만 파운드는 단순한 부자가 아니라 최상류층(Super-rich)을 의미하는 관용구였다. 제인 오스틴의 소설 『오만과 편견』에 나오는 엄청난 재력가 '다시(Darcy)'의 연 수입도 바로 1만 파운드였다.

남편이 그녀를 묘사하면서 사용한 그 단어와 딱 어울렸다. 지금 런던에서 유행하는 단어로, 그녀는 본질적으로, 그리고 전형적으로 "세련되고 단아"했다. 그녀의 몸매 역시 같은 맥락에서 눈에 확 띄었고, 흠잡을 구석 하나 없이 훌륭했다. 그 나이 여성이라고 하기엔 허리가 놀랍도록 가늘었으며, 게다가 그녀의 팔꿈치는 팔꿈치 곡선의 정석이란 무엇인지를 보여주고 있었다. 머리를 들고 있는 각도마저 완벽했다. 그런데 이런 그녀가 왜 나한테 온 걸까. 그녀는 커다란 의류 전문점에서 자켓을 입어 보이고 있어야만 할 것 같았다. 나는 내 방문객이 궁핍할 뿐만 아니라 예술적이기까지 한 것 같아 덜컥 겁이 났다. 그러면 상황은 더 복잡해지기 마련이다. 그녀가 자리로 돌아가 앉았을 때 나는 감사인사를 전하며, 그림 그리는 사람이 모델에게 바라는 가장 중요한 미덕은 조용히 있는 능력이라 고 말했다.

"오, 제 아내는 조용히 있을 수 있어요."

모나크 소령이 말했다. 그리고 다시 농담처럼 이어서 말했다.

"제가 늘 그녀를 조용히 있도록 하거든요."

“제가 귀찮은 참견쟁이는 아니잖아요, 그렇죠?”

모나크 부인이 남편에게 물었는데, 그는 나에게 대답했다.

“이런 자리에 맞지 않는 말이겠지만, 사업적인 자리이기도 하니 그런 의미로 말씀드리자면, 이 사람은 저랑 결혼할 당시에 아름다운 조각상으로 유명한 여자였습니다.”

“당신도 참….” 그녀는 쓸쓸하게 말했다.

“물론 저는 모델이 어느 정도의 표현은 해야 한다고 생각합니다.”

“당연히 그렇겠지요.” 두 사람이 동시에 대답했다.

“그렇다면 엄청 피곤하고 힘들 거라는 것도 아실 거라고 봅니다.”

“우리는 절대 피곤하거나 힘들지 않을 겁니다.”

“이런 비슷한 일이라도 혹시 해 보신 적이 있습니까?”

그들은 머뭇거리며 서로를 바라보았다.

“사진 찍히는 일을 했어요. 아주 많이요.” 모나크 부인이 말했다.

“사진사들이 우리에게 촬영을 요청했다는 뜻입니

다.” 소령이 덧붙였다.

“이해합니다. 두 분 다 워낙 외모가 출중하셔서… 그랬겠지요.”

“그 사람들이 무슨 생각으로 그랬는지는 모르지만, 항상 저희를 찾았습니다.”

“항상 공짜 사진을 받았어요.” 모나크 부인이 미소를 지으며 말했다.

“사진 몇 장을 가져올 걸 그랬어, 여보.” 남편이 말했다.

“남은 게 있는지도 모르겠어요. 저희가 워낙 많이 나눠줘서요.”

그녀가 나에게 설명했다.

“사인과 문구 같은 걸 써서 줬어요.” 소령이 말했다.

“가게에서 살 수 있습니까?” 나는 악의 없는 농담처럼 물었다.

“오, 그럼요. 아내의 사진은 예전에는 살 수 있었습니다.”

“지금은 아니에요.” 모나코 부인이 바닥을 바라보며 말했다.

II.

　나는 그들이 사진을 증정하며 어떤 말을 적었을지 상상할 수 있었는데, 아주 아름다운 필체일 거라고 확신했다. 그들과 관련된 것에는 어떻게 이렇게 빨리 확신할 수 있는지 스스로가 신기할 정도였다. 지금 저들이 몇 실링과 펜스를 벌기 위해 일해야 할 만큼 가난하다는 것은, 과거에도 그다지 여유롭지는 않았다는 뜻일 것이다. 그들의 자산은 외모였고, 이것을 즐겁게 만끽하고 최대한 활용하며 살았다. 두 사람의 얼굴에는 삶이 고스란히 드러나 있었다. 20년 동안 시골 별장을 따로 두고 살던 삶이 주는 단조로움과 지적이고 평온한 분위기가 느껴졌고, 그것은 그들의 경쾌하고 옅은 사투리처럼 자연스럽게 배어 나왔다. 아직 읽지는 못했지만 구독하고 있는 잡지들이 가득한, 햇살이 환하게 비추는 응접실에 오랫동안 앉아 있는 그녀의 모습을 그려볼 수 있었다. 운동을 할 때조차도 아주 멋지게 차려입고, 비 그친 관목 숲을 산책하는 그녀의 모습도 그려졌다. 소령은 세련된 복장을 갖추고 사냥을 했을 것이다. 저녁이 되면 담배를 피우는 곳으로 가서, 사냥에 도움이 된 것들에 대해 사람들과 이야기를 나누며 피로를 푸는 그의 모습도 떠올랐다. 각종 보호 장비들, 복장이나 용품은 방수 기능까지 갖췄을 것이다. 세련된 트위드 옷감과 무릎 담요, 각종 지팡이 세트와 공격용 장비들, 깨끗하고 튼튼한 파라솔 우산들… 그들이 시골에 도착하는 날이면 역 앞까지 미리 나와 있는 하인들의 모습과 잘 정돈된 갖가지 짐 가방이 생생하게 그려졌다.

사람들은 아주 작은 팁만 받아도 그들을 좋아했고, 아무것도 하지 않아도 언제나 그들을 환영해 주었다. 모두가 일반적으로 선호하는 그들의 용모는 어디를 가도 훌륭하게 잘 어울렸다. 그들의 키와 얼굴, 전체적인 분위기는 사람들을 기분 좋게 만족시켰다. 그들은 허영심이나 어리석음 없이 자기 외모에 대해 인지하고 있었고, 그로 인한 자부심이 있었다. 속물적이지는 않지만 철저하게 자기관리를 하는 것, 이것이 그들이 지켜온 삶의 방식이었다. 취향이 있는 활동적인 사람이라면 삶의 방식 하나쯤은 갖고 있는 법이다. 그들이라면 지루하기 짝이 없는 집안에서도 즐길 만한 것을 찾을 수 있을 것 같았다. 무슨 일이었는지는 중요하지는 않지만,

어쨌든 소득이 줄어들 만한 일이 있었을 것이다. 그러다가 이제는 재산이 바닥이 나서, 지금 그들은 푼돈이라도 벌기 위해 뭐라도 해야 하는 처지였다. 아무리 친구들이 그들을 좋아한다고 해도 생계를 해결해 주지는 못할 것이다. 신용이라는 것을 눈으로 볼 수 있다면 그들의 옷, 생활 태도나 교양에서 드러나는 것과 비슷할 것이다. 하지만 아무리 신용이 동전 소리가 나는 크고 빈 주머니라고 해도, 최소한 가끔은 동전의 쨍그랑 소리 정도는 들려줘야 한다. 그들이 나에게 바라는 것은 바로 그 소리가 나도록 해달라는 것이었다. 아마도 그들은 내가 우리 관계를 비밀로 해주기를 바랐던 것 같다. 그들이 "체형"을 그리기 위해서라고 말한 이유가 그때문이었을 것이다. 얼굴을 그리게 되면 그들이 누군지 드러나기 때문이다.

나는 그들이 마음에 들었다. 아주 순박했고, 일할 때 잘 맞기만 한다면 받아들이지 않을 이유가 없었다. 그런데 어찌 된 일인지, 이 모든 완벽함에도 불구하고 나는 그들을 쉽사리 신뢰할 수 있을 것 같지가 않았다. 어쨌든 그들은 아마추어였고, 내 삶을 지배하고 있는 열정은 바로 아마추어적인 것에 대한 혐오였기 때문이다. 이와 결부된 또 다른 내 괴팍함은 진짜보다 예술로 재현된 대상을 더 좋아하는 성향이었다. 진짜는 결점이 있는 데 바로 표현이 부족한 경우가 대부분이라는 점이다. 나는 보이는 것을 좋아한다. 보이는 건 확실하기 때문이다. 그것이 실제로 존재하는지 아닌지는 부차적이다. 아니, 대부분은 의미 없는 질문에 불과하다. 그 외에도 내가 고려해 볼 사항들은 더 있었는데, 첫 번째는 나와 함께 일하고 있는 두세 명의 모델이 이미 있다는 점이었다. 특히 킬번 출신으로 알파카 옷을 입고 다니는 발이 큰 젊은 여성이 삽화를 위해 몇 년간 꾸준히 와 주고 있는데, 나는(다소 초라하게도) 꾸준히 만족하는 중이다. 나는 내 방문객들에게 이런 상황을 솔직하게 털어놨는데, 덕분에 그들이 내 예상보다 훨씬 많은 준비를 해 왔다는 것을 알게 되었다. 클로드 리베트 씨가 요즘 작가 중 보기 드문 소설가 한 명을 고급판 전집으로 출판한다는 계획을 말해주었기 때문에, 그들은 자신들이 그 모델을 해야 한다는 논리적인 이유를 제대로 대고 있었다. 그 작가는 오랫동안 통속적인 대중의 취향에는 외면당했지만, 예민하고 섬세한 독자들은 인정하고 아끼는 작가였는데(작가 이름이 필립 빈센트라는 것을 굳이 밝힐 필요가 있는지는 잘 모르겠다) 말년에 이르러 빛을 보더니 결국에는 아주 높은 평가를 받게 되었다. 대중의 평가에는 일종의 속죄 같은 보상적인 면이 담겨있었다. 안목 있는 출판사에서 계획하고 있는 이 고급 판 전집이야말로 실질적으로 상당한 보상에 가까울 것이었다. 목판화 삽화가 풍성하게 삽입될 이 전집은 영국 미술이 영국 문단의 독보적인 대표 중 한 사람에게 바치는 경의와 찬사이기도 했다. 모나크 소령과 그의 부인은 내가 맡은 삽화 부분을 위해 함께 일했으면 한다고 고백했다. 그들은 내가 이 전집의 첫 번째 책인 『러틀랜드 램지』를 맡을 예정이라는 것도 알고 있었다. 나는 이 첫 번째 책은 테스트 같은 것으로, 그 결과가 얼마나 만족스러운 지에 따라 나머지 부분을 맡을지 말지가 결정된다는 것을 분명하게 말해야 했다. 생각보다 별로 라고 판단되면 출판사에서 망설임 없이 나를 해고할 것이었다. 내 입장에서는 일종의 고비라고 볼 수도 있기 때문에, 각별히 신경 쓰며 준비하던 중이었다. 필요하다면 새 모델도 찾아보고, 모든 것을 확실하게 최선으로 결정해야 했다. 하지만 그럼에도 내가 두세 명의 좋은 모델을

정해서 그들과 모든 작업을 하려고 했다는 것은 인정하
겠다.

“우리가 자주… 음, 특별한 옷을 입어야 하나요?” 모
나크 부인이 소심하게 물었다.

“네, 그럼 좋지요. 그게 이 일의 절반일 겁니다.”

“그러면 저희가 직접 의상을 준비해 와야 하나요?”

“오, 그건 아닙니다. 제가 충분히 많이 갖고 있습니
다. 모델은 화가가 원하는 대로 입거나 벗거나 하기만
하면 됩니다.”

“그 말씀은… 같은 옷을요?”

“같은 옷이라니요…?” 모나크 부인은 다시 남편을
바라보았다.

“아, 이 사람은 그저 단순히 궁금해서 여쭤본 것 같
습니다.” 그가 설명했다.

“모델들이 의상을 같이 사용하는지요.”

나는 솔직하게 그렇다고 고백해야 했다. 덧붙여서
내가 가진 의상 몇 개는(기름때가 덕지덕지 묻은 옷들) 100년
전 사람들이 살면서 실제로 입었던 옷으로 그들의 삶이
묻어 있다고 말했다.

“몸에 맞는 것이라면 뭐든 입겠습니다.” 소령이 말했다.

“아, 그건 제가 알아서 정합니다. 그림 속에서 맞추면 돼요.”

“아무래도 저는 현대소설에 더 맞을 것 같아 걱정이네요. 선생님께서 원하시는 대로 하고 올게요.”

“아내는 집에 옷이 많습니다. 현대물에 어울릴 만한 옷들입니다.”

남편이 부인의 말에 이어 대답했다.

“아… 부인께 자연스럽게 어울릴 만한 장면들이 떠오르는군요.”

이 말은 진심이었다. 나는 진부한 내용을 엉성하게 대충 재배치한 이야기가 떠올랐다. 굳이 힘들게 읽지 않고도 삽화를 떠올리고 그려낼 수 있었는데, 이 장면에 모나크 부인의 그림이 있다면 독자들에게 도움이 될 것 같았다. 하지만 나에게는 이런 종류의 단순 기계적인 작업을 위해 이미 함께 일하고 있는, 꽤 적합한 모델들이 있었다.

“저희는 그저 저희가 어떤 이야기 속에 나오는 인물

처럼 보이지 않을까 생각했을 뿐이에요." 모나크 부인이 일어나며 온화하게 말했다.

그녀의 남편도 일어서며 보일 듯 말 듯 아쉬움이 담긴 눈으로 나를 보았다. 이렇게 멋진 남자에게서 그런 눈빛을 보니 마음이 안쓰러웠다.

"어쩌면 오히려 더 낫지 않을까요, 그러니까 그런 사람을 쓰면……."

그는 말을 멈췄다. 그는 내가 그가 원하는 말을 이어서 말해주기를 바라는 눈치였다. 하지만 나는 할 수 없었다. 그가 원하는 말이 뭔지 몰랐기 때문이었다. 그러자 어색하게 그가 말을 꺼냈다.

"실제와 같은, 진짜 신사와, 음…… 숙녀를요."

그 부분에는 어느 정도 동의할 준비가 돼 있었다. 많은 것을 포함하는 그 말을 나는 인정할 수밖에 없었다. 용기를 얻은 소령은 감정을 누르며 간절하게 말했다. "형편이 지독하게 어렵습니다. 웬만한 일은 다 해봤을 겁니다." 억눌린 감정에는 표현력이 있었다. 소령의 감정은 부인으로 전달되었고, 그녀는 감정에 북받쳐 어느새 의자에 주저앉아 눈물을 터뜨리고 있었다. 남편이 그녀 옆에 앉더니 그녀의 한 손을 잡았다. 그녀가 다른 손으로 재빨리 눈물을 닦고 나를 올려다보자 나는 당황스러움을 느꼈다.

"정말 안 해본 일이 없어요. 지원하고⋯ 붙기를 기다리고⋯ 간절히 기도하고⋯ 처음엔 저희가 얼마나 서툴렀을지 상상이 되지요? 비서직 같은 그런 일자리요? 차라리 귀족 직위를 팔라고도 말씀하시겠지요. 저는 뭐든 할 겁니다. 저는 배달부나 석탄 운반부만큼 경제적으로 힘듭니다. 금장 장식 모자를 쓰고 남성복 매장 앞에서 마차 문을 열어주는 일도 할 겁니다. 역 앞에서 기다리다 짐 가방 나르는 일이라도 할 겁니다. 집배원이라도 되고 싶은데 저를 거들떠보지도 않겠죠, 당신 같은 사람 수천 명이 세상에 널렸다고 하겠죠. 신사들, 거지들, 와인이나 즐기는 사람들, 사냥이나 하는 사람들이요!"

나는 할 수 있는 한 최선을 다해 나의 방문객들을 위로해 주었고, 그들에게 다음에 다시 들러 한 시간 정도 시험 삼아 모델을 해보자고 말했다. 그러던 중 젖은 우산을 든 첨 양^{Miss Churm}이 문을 열고 들어왔다. 첨 양은 마이다베일까지 버스를 타고 온 후, 반 마일을 더 걸어 와야 했다. 빗방울이 맺힌 그녀의 얼굴은 조금 부은 것 같았다. 그녀가 여기 올 때마다 나는 매번 새롭게 놀라곤 했다. 그녀 자신은 별 볼 일 없음에도 불구하고, 어떤 역할을 맡으면 정말 그 사람이 되는 표현력 때문이었다. 작은 체구를 가진 초라한 첨 양이었지만, 포즈를 취하면 감성 풍부한 로맨스의 여주인공으로 변했다. 주근깨 투성이의 빈민가 출신이었지만, 고상한 귀부인에서부터 양치기 소녀까지 모든 역할을 다 표현해냈다. 그녀는 좋은 목소리나 긴 머리카락을 가지고 있을 것 같다는 상상을 하게 만드는 재능이 있는 모델이었다.

그녀는 글자도 제대로 못 쓰고 맥주나 즐기는 사람이지만, 두세 가지의 강점이 있었다. 성실히 연습했고, 천부적 솜씨가 있었으며, 타고난 지혜와 기묘한 감수성이 있었다. 그녀는 연극을 진심으로 사랑하고, 일곱 명의 언니와 여동생이 있고, 공경심이라고는 눈곱만큼도 없는 사람이었으며, h발음을 제대로 못 해 말투가 경박했다. 티 하나 없이 완벽한 내 방문객들은 처음에 그녀의 젖은 우산을 보고 움찔하는 모습을 감추지 못했다.

"비를 흠뻑 맞고 말았네요. 버스 안에 사람이 진짜 많았거든요. 선생님이 역 근처에 사셨으면 좋았을 텐데……."

첨 양이 말했다. 내가 최대한 빨리 준비하라고 말하자, 그녀는 항상 옷을 갈아입던 방으로 들어갔는데, 평소와 달리 이번에는 무슨 역할을 해야 하는지를 나에게 물어보았다.

"러시아 공주잖아, 몰랐어?" 내가 대답했다.

"『칩사이드』에 실린 긴 이야기인데, 검은 벨벳 옷을 입고 금빛 눈동자를 가진 공주야."

"황금빛 눈동자요? 아이고야."

첨 양이 큰 소리로 말하고 탈의실로 들어가는 모습을 소령 부부는 뚫어지게 바라보았다. 비록 늦더라도 첨양은 항상 내가 그림을 그리기 시작하기 전에 준비를 끝마쳤다. 나는 내 방문객들을 일부러 더 붙잡고 있었는데, 첨양을 보며 앞으로 그들이 할 일을 염두에 두도록 하기 위해서였다. 또한 나는 그들에게 그녀가 훌륭한 모델이라는 개념에 완벽하게 부합한다고, 정말 영리하다고 말했다.

“그녀가 러시안 공주처럼 보인다고 생각하십니까?”

모나크 소령이 은근한 불안감을 내비치며 물었다.

“제가 그녀를 그림으로 그렇게 만들면, 그렇습니다.”

“아, 선생님이 그림으로 만들어 내시면요!” 그는 뜻을 이해하려고 노력했다.

“그게 제가 바라는 최선입니다. 도저히 만들어낼 수 없는 모델들도 많거든요.”

“자, 여기 진짜 귀부인이 있잖아요.”

그는 부인의 팔짱을 끼며 설득하는 미소를 지었다.

“이 사람은 이미 만들어져 있어요.”

“아, 저는 러시아 공주가 아니에요.”

“러시아 공주들을 좀 알아요.”

모나크 부인이 어떤 확답도 피하려는 듯 다소 냉정하게 말했다. 그녀가 그들을 좋아하지 않는다는 것이 느껴졌다. 그 순간 나는 즉시 깨달았다. 첨 양과는 단 한 번도 겪어본 적 없는 온갖 까다로운 문제들을 이 부인과는 일일이 해결해야만 하리라는 것을.

첨 양이 검은 벨벳 옷을 입고 나왔다. 낡은 가운이

날씬한 그녀의 어깨 밑으로 심하게 처져 내려와 있었고, 그녀의 붉은 손에는 일본 부채가 들려 있었다. 나는 그녀에게, 전에 이미 설명했지만 다시 말하자면, 이번 장면은 그녀가 누군가의 머리 너머를 바라다보는 모습을 그릴 것이라고 말했다.

"누구의 머리 너머를 보는 건지는 잊었지만, 그건 중요하지 않아. 그냥 머리 너머를 보는 자세야."

"차라리 난로 너머를 보는 게 낫겠어요."

첨 양이 말하며 난로 근처로 자리에 자리를 정했다. 자세를 잡더니 키가 커 보이게 몸을 세웠고, 머리는 뒤로 살짝 젖히고, 부채는 앞으로 늘어뜨렸다. 편견이 섞인 내 눈에는, 적어도 그녀가 우아하고 매력적이며, 이국적이면서 위험해 보이기까지 했다. 그녀를 그대로 남겨두고, 나와 모나크 부부는 함께 아래층으로 내려갔다.

"저 정도라면 저도 할 수 있을 것 같아요." 모나크 부인이 말했다.

"아… 그녀가 초라해 보일 수도 있겠지만, 예술의 연금술이 가미되는 것을 생각하셔야 합니다."

하지만 그들은 큰 안도감을 느끼며 떠났는데, 자신

들은 입증할 수 있는 진짜라는 분명한 이점 때문이었다. 그들이 첨 양을 보며 진저리쳤을 거라는 생각이 들었다. 나는 첨 양에게 돌아가 그 부부가 원하는 것에 대해 말해 주자, 그녀는 익살스럽게 말했다.

"음… 그 여자가 모델이면, 저는 회계 경리 일을 하겠네요."

"그 여자 아주 귀부인 같던데…." 나는 악의 없이 반대하며 말했다.

"그럼, 선생님께는 아주 안 좋다는 거네요, 그녀는 다양하게 변할 수 없을 테니까요."

"상류층 소설의 모델로는 어울릴 거야."

"오, 그렇겠네요. 그런 소설에 딱 맞겠네요." 내 모델이 우스꽝스럽게 말했다.

"하긴 그녀까지 더하지 않아도 이미 그런 소설은 충분하지?"

나는 이전에도 이렇게, 종종 그런 소설에 대해 가볍게 그녀에게 비판하곤 했었다.

III.

소설 속 미스터리한 대목을 시각적으로 풀어내고자, 나는 처음으로 모나크 부인을 모델로 기용해 시험해 보기로 했다. 그녀의 남편이 혹시 도움이 필요할지 모른다는 이유로 같이 왔는데, 부인과 함께 다니는 것을 좋아하는 것이 확실해 보였다. 처음에 나는 예의를 갖추려고 저러는 것인지, 아니면 혹시 남편이 질투하거나 간섭하려고 저러는 것인지 의아했다. 피곤한 생각인 만큼 만약 그게 사실이기라도 했다면 우리의 친분도 끝났을 것이다. 하지만 금세 나는 그가 아무런 의도 없이(혹시 그도 모델로 일할 수 있지 않을까 하는 기대도 있고) 단지 할 일이 없어서 같이 온다는 것을 알게 되었다. 그녀와 떨어져 있을 때 그는 딱히 할 일이 없었고, 두 사람은 떨어져 있어 본 적도 없었다. 내 판단이 맞다면, 이런 어색한 상황에서도 서로 가까이 붙어있다는 것이 주된 위안이 되는 것 같았다. 이런 결합에는 약점이 없는 법이다. 이것이 진짜 결혼이다. 결혼을 망설이는 사람에게는 용기를 주고, 결혼에 대해 비관적인 사람들에게는 도무지 깰 수 없는 난제 같은 것이다. 그들의 주소는 초라했다(나중에 생각해 보니, 유일하게 이 주소만큼은 제법 전문 모델 같은 부분이었다). 나는 소령이 홀로 남겨진 비참한 셋방을 떠올렸다. 아내와 함께라면 그곳을 견딜 수 있겠지만, 그녀 없이는 그 집을 견딜 수 없었을 것이다.

그는 꽤 눈치가 빨라서 자신이 필요하지 않을 때는 굳이 호감을 얻으려고 애쓰지 않았기 때문에, 내가 깊이 작업에 몰두해 있을 때는 가만히 앉아 기다렸다. 하지만 나는 그에게 말을 시키는 것이 좋았는데, 작업에 방해가 되지 않을 때 일의 지루함과 긴장을 덜어주었기 때문이다. 그의 이야기를 듣는 것은 외출하는 설렘과 집에 머무는 경제성을 동시에 누리는 것과 같았다. 단 하나 방해되는 것이 있다면 이 부부가 알고 지내는 사람들을 내가 전혀 모른다는 점이었다. 대화를 나누는 동안 그도 내가 아는 사람을 매우 궁금해했던 것 같다. 하지만 실마리조차 찾지 못했기 때문에 우리 대화는 제대로 돌아가지 못했다. 가죽 이야기, 술과 관련된 이야기(가죽 안장 제조업자와 가죽 바지 제조자, 좋은 레드 와인을 싸게 구하는 법), 좋은 기차표를 구하는 법과 작은 사냥감을 사냥하는 습관 같은 정도로 제한적 일 수밖에 없었다. 특히 기차와 사냥에 대한 그의 지식은 놀라웠는데, 기차 역장과 조류학자를 절묘하게 엮어 이야기를 펼쳤다. 큰 주제에 관해 이야기할 수 없을 때는 기꺼이 즐겁게 작은 주제에 관해 이야기했다. 나는 상류사회에 대해 같이 나눌 추억이 없었지만, 그는 하나도 어려운 기색 없이 우리 대화의 수준을 낮춰 주었다.

상대를 쉽게 넘어뜨릴 수 있는 강한 남자가 남을 즐겁게 해주기 위해 열심히 노력하는 모습은 대단히 감동적이었다. 그는 내가 부탁하지도 않았는데 난롯불을 살폈고, 난로의 통풍 상태에 대한 의견을 제시했다. 그는 내가 집안의 가구나 물건을 배치하고 정리하는 방식이 그다지 유능하지 못하다고 생각하는 것 같았다. 그래서 내가 부자라면 그에게 월급을 주고 살림하는 법을 알려달라고 했을 거라고 말했던 기억이 난다. 가끔 그는 무심코 한숨을 쉬었는데, 어쩌면 본심은 "이런 허름한 막사라도 주어진다면 내가 뭐라도 해 볼 텐데"라는 뜻이었을 지도 모르겠다. 그를 모델로 세울 때마다 그는 늘 혼자 왔는데, 이는 부인 쪽이 훨씬 더 용기 있다는 사실을 보여주는 증거였다. 그의 아내는 2층 방에서 혼자 견딜 수 있다는 뜻이기 때문이다. 전반적으로 보아도 그의 아내가 더 사려 깊었다. 여러 부분에서 나와 어느 정도의 거리감을 유지했고, 우리 관계가 직업적 관계로 유지돼야 한다는 점을 분명하게 보여주었으며, 사적인 친분으로 변질되지 않도록 조심했다. 그녀는 소령과 자신이 고용된 것이지, 교양이나 쌓는 관계가 아니라는 것을 분명히 하고 싶어 했고, 나를 상사로 존중하긴 했지만, 자신과 동등하게 교제할 수 있는 위치로는 생각하지 않았다.

그녀는 집중력이 대단했고, 카메라 앞에서처럼 거의 움직이지 않고 한 시간을 앉아 있었다. 사진을 많이 찍어본 경험이 있는 것은 분명했지만, 바로 그 습관 때문에 내 일과는 맞지 않았다. 처음에는 그녀의 기품 있는 태도가 몹시 만족스러웠고, 그녀의 선을 따라가며 얼마나 훌륭하고 멋진 그림이 될지 기대했다. 하지만 몇 번의 작업 후, 나는 그녀가 도저히 극복할 수 없이 뻣뻣하다는 것을 깨달았다. 아무리 노력해도 내 그림은 사진이나 아니면 사진의 복사본 같았다. 그녀의 모습에는 다양한 표현이 없었고, 그녀 자신도 다양성에 대한 감

각이 없었다. 서툰 목수가 연장 탓한다며 나무랄지 모
르지만, 어떤 자세를 취해봐도 그녀는 그 모든 차이를
없애버렸다. 그녀는 늘 귀부인이었고, 언제나 똑같은
귀부인이었다. 그녀는 진짜였지만, 언제나 똑같은 진짜
였다. 자신이 진짜라는 사실에 대해 너무도 확신에 차
요지부동인 그녀의 모습에 나는 기가 질릴 지경이었다.
그녀와 남편의 태도에는 그녀가 진짜라 내가 운이 좋다
는 암시까지 느껴졌다. 첨 양이라면 재치 있게 자신을
변모했을 것이다. 하지만 나는 그녀를 통해 인물을 만
들어내는 대신, 그녀와 비슷한 유형의 인물을 찾아내려
고 안간힘을 써야 했다. 아무리 신중하게 구도를 잡고
온갖 방법을 써봐도 그림 속의 그녀는 항상 키가 너무
크게 묘사되었다. 내가 키가 작아서 그런지는 모르겠지
만, 매력적인 여성을 2미터가 넘는 거구로 그려내는 건,
결코 내가 의도한 바가 아니었다.

소령의 경우는 더욱 심각했다. 아무리 애를 써도 그
의 키를 낮출 방법이 없어서 건장한 거인을 묘사할 때
만 유용했다. 나는 다양성과 다양성을 포함하는 것들을
사랑했고, 인간적이면서 우연한 사건들, 직유나 은유

같은 표현을 소중하게 생각했다. 세밀하게 인물의 개성을 그려내고 싶었고, 전형적인 인물 유형에 매몰되는 것을 가장 싫어해서 친구들과 이 문제를 놓고 다투기도 했다. 그중에서 화가라면 전형적인 인물 유형을 창조해야만 하고, 만약 그 유형이 레오나르도와 라파엘로의 경우처럼 아름답다면, 그 하나의 유형에 매몰되는 것은 오히려 강점이라고 하는 친구들과는 절교까지 했다. 나는 라파엘로도 아니고 레오나르도도 아니다. 그저 답을 찾아가고 있는 젊고, 조금은 오만한 현대인일 뿐이다. 하지만 모든 것을 희생해서라도 개성만은 지켜내야 한다는 내 주장에는 변함이 없다. 전형적인 유형이라도 쉽게 개성적인 인물이 될 수 있다고 그들이 주장했을 때, 나는 피상적인 반박일 지도 모르지만 "누구의 개성인데?"라고 물었다. 개성은 모든 사람에게 있는 것이 아니다. 모두 가지고 있는 것이라면, 결국 아무도 가지고 있지 않다는 말이기 때문이다.

모나크 부인을 열두 번쯤 그리고 나니, 첨 양은 모두가 인정하는 좋은 특징이 없기 때문에 높은 가치의 모델이라는 점을 전보다 더 분명히 깨달았다. 더불어 그녀의 호기심, 말로는 도무지 형용할 수 없지만 멋지게 모방해 내는 재능도 중요한 이유였다. 그녀의 평상시 모습은 필요할 때마다 걷어 올려 새로운 세계를 보여주는 무대 커튼 같았다. 그녀의 표현은 언뜻 스치는 암시 같았지만, 눈 밝은 사람이라면 알 수 있는 생동감 넘치고 매력적인 몸짓이었다. 그녀는 비록 밋밋하게 생겼지만, 연기는 무미건조하면서도 예쁘다는 생각이 가끔 들곤 했다. 나는 그녀를 모델로 그린 인물들이 너무 단조로우면서('바보같이'라는 말을 썼다) 우아하다고 트집을 잡기도 했는데, 그녀는 그때처럼 화를 크게 내 본 적이 없었다. 자신과 전혀 상관없는 인물을 표현할 수 있다는 것이 그녀의 자부심이었기 때문이었다. 그녀는 내가 그녀의 "명썽[2]"을 훼손했다고 비난했다.

모나크 소령 부부가 자주 방문하게 되면서 첨 양을 찾는 일이 줄었다. 첨 양은 워낙 찾는 화가들이 많았고, 일거리가 부족한 적이 없었기 때문에 일정을 뒤로 미루는 것이 전혀 문제가 되지 않았다. 대신 소령 부부를 편

---

2 명썽: 원문은 '가치(value)'. 미스 첨은 자신의 '상품 가치(몸값)'를 마치 예술가의 '명성'인 양 거창하게 포장한다. 교양 있는 척하지만 숨길 수 없는 그녀의 투박한 하층민 억양과 허영심을 강조하기 위해, 표준어 '명성' 대신 된소리를 섞어 표기했다.

하게 그려보는 일을 시도해 보았다. 처음에는 진짜를 그린다는 것 때문에 분명 즐거웠다. 모나크 소령의 바지를 그리는 것도 재미있었다. 비록 거대한 체구로 그려지기는 했지만, 그 바지는 실제로 존재하는 것이었다. 그녀의 뒤쪽 머리카락을 그리는 일도 기분 좋은 일이었다(심지어 수학적으로까지도 단정하고 깔끔했다). 특히 몸에 꼭 맞는 코르셋을 입은 그녀의 "세련되고 단아한" 긴 장이 좋았다. 그녀는 얼굴을 살짝 옆으로 틀거나, 초점을 흐릿하게 그릴 때 유난히 잘 맞았다. 뒷모습이 정말 귀부인 같았고, 생략되거나 삭제되는 부분에서 오히려 풍부한 표현력이 있었다. 똑바로 서 있을 때는 자연스럽게 궁정 화가들 그림 속의 왕비나 공주의 태도를 취했다. 이 점을 최대한 활용하기 위해 나는 『칩사이드』[3]의 편집자에게 연락해 『버킹엄 궁전 이야기』라는 진짜 왕실 로맨스를 출판해 보라고 제안할까 하는 생각마저 들었다. 가끔씩 진짜와 진짜 같은 가짜가 충돌하는 일이 생길 때도 있었다. 첨 양이 약속을 미루지 않고 작업실로 오거나, 내가 일이 너무 많아 새 약속을 잡기 위

---

3 칩사이드(Cheapside): 런던의 상업 거리. 대중 잡지사가 밀집했던 곳으로, 품격 있는 부부를 저급한 상업물 모델로 쓰겠다는 화가의 냉소적인 농담이 담긴 표현이다.

해 첨 양을 부를 때, 첨 양과 그녀의 심기를 충분히 자극할 만한 경쟁자가 마주치곤 했다. 모나크 부부 쪽에서는 첨 양을 마치 가정부라도 되는 것처럼 전혀 신경 쓰지 않았기 때문에 충돌이라고 할 수는 없겠지만 말이다. 그 부부는 의도적으로 도도한 척한 것이 아니라, 단지 어떻게 친해져야 할지를 몰랐던 것 같다. 내 추측으로는 첨 양과 친해지고 싶었을 것이라고, 적어도 소령은 그랬을 것으로 생각한다. 그들은 항상 걸어 다녔고, 대중교통 수단을 이용할 생각조차 하지 않았기 때문에 버스 이야기를 할 수 없었을 것이고, 첨 양은 좋은 기차를 타는 것이나, 좋은 와인에 대해 관심이 없었기 때문이다. 게다가 그 부부는 첨 양이 자신들에 대해 재밌다고 생각하면서, 비밀스럽게 조롱하고 있다는 눈치를 느꼈음이 분명 했다. 첨 양은 조금이라도 미심쩍은 기분이 들면 숨기지 못하고 티를 내는 타입이었기 때문이다. 한편, 모나크 부인은 첨 양이 깔끔하지 않다고 생각했던 것 같다. 그게 아니라면 왜 그녀가(굳이 그럴 필요가 없는데) 지저분한 여자를 싫어한다고 했겠는가.

첨 양은 가끔 대화나 할 겸 작업실에 들르곤 했다.

우연히 그날 나는 모나크 부부와 함께 있었고, 첨 양에게 차를 좀 준비해 달라고 말했다. 그녀에게는 익숙한 일이었다. 살림도 소박했지만, 일손도 부족했던 나는 종종 모델들에게 이런 부탁을 했다. 그들은 내 살림을 다루는 것을 좋아했다. 자리를 엉망으로 만들기도 하고, 가끔 그릇을 깨기도 했지만 나는 그들이 그렇게 자유로운 보헤미안처럼 행동하는 것이 좋았다. 이 사건이 있은 후 첨 양을 다시 만났을 때, 그녀가 갑자기 이 일로 대판 소동을 벌여 나를 크게 놀라게 했는데, 내가 차를 준비하는 일을 시켜 자신을 모욕하려 했다는 것이 비난의 이유였다. 정작 당시의 첨 양은 화를 내기는커녕 오히려 그 일을 좋아하는 것처럼 보였었다. 알 수 없는 표정으로 조용히 앉아 있는 모나크 부인에게, 커피에 설탕과 크림을 넣을지 과장되게 웃으며 물었는데, 그 모습을 보며 나는 첨 양이 꼭 이 코믹한 상황을 즐기는 것 같다고 생각했기 때문이다. 그녀는 혹시라도 무례하게 들리지 않을까 내가 걱정이 될 정도의 말투로 부부에게 질문을 던져댔다. 하지만 부부는 개의치 않았고, 그녀 또한 전혀 신경 쓰지 않았다. 마치 그녀가 진짜 귀부인이고 부부는 꼭두각시 인형이 된 것만 같았다. 나는 그녀의 태도가 창피하기도 했지만, 그보다는 부부가 훨씬 더 가엽게 느껴졌다.

이 부부는 절대로 포기하지 않겠다고 결심한 것 같았다. 이런 감동적인 인내심은 그들이 얼마나 절박한지를 보여주었다. 내가 그들을 그릴 준비가 될 때까지 불평 없이 몇 시간이고 앉아 있었고, 혹시라도 자신들을 쓸까 해서 다시 찾아왔으며, 그들을 쓰지 않아도 흔쾌히 그냥 돌아갔다. 돌아서서 가는 모습까지 품위 있는 그들을 보기 위해 나는 종종 문까지 배웅하곤 했다. 부부의 취업을 돕기 위해 여러 동료 화가들에게 그들을 소개해주었지만, 단 한 곳에서도 일거리를 얻지 못했다. 그 이유는 충분히 짐작할 만했다. 실패가 거듭될수록 그들은 내게 더 의지했고, 적어도 나만큼은 자신들이 고마워해야 할 사람이라고 믿는 듯했다. 고마워해야 할 사람이라니! 나는 마치 사기꾼이라도 된 것처럼 마음이 불편해지기 시작했다. 대체 무엇 때문에 그들이 '흑백 화풍'의 전형으로 여겨졌는지 지금으로선 모를 일이다. 당시는 흑백 삽화 일감이 워낙 넘쳐나던 시기였고, 그들만큼이나 흑백의 인상을 선명하게 풍기는 이들도 없었음에도 말이다. 게다가 그들은 내가 맡은 큰 일감인 연재 소설을 유심히 살피고 있었다. 앞으로 그려야 할 분량이 한참 남았다는 사실을 확인하고는, 진짜인 자신들이야말로 이 작품의 진수(본질)를 보여줄 적임자라고 마음속으로 결론을 내린 듯했다. 그들은 이 소설이 당대의 예법과 현대적인 인간 군상을 묘사하는 이른바 '상류 사회' 소설이라고 생각했다. 당연히 냉소적이면서도 세련되고 품격 있는 그림이 필요할 것이고, 자신들을 모델로 쓰기만 한다면 장기적인 연재 기간 내내 미래가 보장될 것이라 믿는 모양이었다.

모나크 부인이 남편 없이 혼자 온 어느 날이었다. 그녀는 남편이 시내에 볼 일이 있어 못 왔다고 설명했다. 그날도 평소처럼 그녀는 불안하면서도 뻣뻣한 자세를 취하고 있었는데, 그때 문을 두드리는 소리가 들렸다. 나는 일자리를 찾고 있는 어떤 모델이 애원하러 왔다는 것을 즉시 알아차릴 수 있었다. 곧이어 한눈에 외국인처럼 보이는 젊은 남자가 들어왔는데, 영어를 한마디도 못 하는 이탈리아 사람이었다. 그가 아는 유일한 영어 단어는 내 이름이었는데, 그조차도 이상하게 발음해 다른 사람의 이름처럼 들렸다. 나는 한 번도 이탈리아를 방문한 적도 없었고, 이탈리아어를 할 줄도 몰랐다. 하지만 그는 이탈리아인답게 언어에만 의존하지 않고, 익숙하면서도 우아한 몸짓으로 이 귀부인이 하는 바로 그 일자리를 찾고 있다는 걸 전달 했다. 처음에는 전혀 특별한 인상을 받지 못했기 때문에, 나는 그리던 그림에 계속 집중하면서 무뚝뚝하게 그를 무시하는 신호를 보냈다. 그는 굳건히 서 있었다. 강요하지는 않지만, 어딘가 순진하면서도 뻔뻔스러운 그의 눈빛에는 말 못 하는 강아지 같은 충성심이 느껴졌다. 마치 오랫동안 집에서 헌신하던 하인이 부당하게 의심을 받고 있을 때와 같은 태도였다. 나는 갑자기 그의 이런 태도와 표정이야말로 하나의 그림이라는 것을 깨닫고는, 그에게 일이 끝날 때까지 좀 기다려 달라고 말했다. 그가 내 말을 듣고 기다리려고 하는 모습에서도 또 다른 그림이 보였다. 내가 작업하는 동안 그는 고개를 뒤로 젖히고 천장이 높은 작업실을 경이롭게 바라보았는데, 그 모습에서도 또 다른 그림이 있었다. 마치 베드로 성당에서 십자성호를 긋고 있는 모습 같았다. 작업을 마치기 전에 나는 "파산한 오렌지 장수였는지는 모르겠지만, 이 친구 아주 보물이군." 하고 혼잣말을 했다.

모나크 부인이 집에 가려고 하자, 그 젊은 남자는 번 개처럼 방을 가로질러 문을 열어주었는데, 그때 그의 눈빛에는 베아트리체에게 사로잡힌 젊은 단테의 황홀하고 순수한 시선이 담겨 있었다. 보통의 영국 집안에서 있을 법한 개성 없는 하인을 싫어하는 나는, 그가 어쩌면 훌륭한 하인이 될 수도 있을 거라는 생각을 했다(하인이 필요하긴 했지만, 그 일만을 위해 사람을 고용할 여력은 되지 않았다). 물론 그는 모델로서 자질도 갖추고 있었다. 나는 그가 두 개의 역할을 맡는 것에 동의하기만 하면 그를 받아들이기로 마음먹었다. 그는 내 제안에 팔짝 뛰며 기뻐했는데, 무모한 결정이었다는 것은 인정한다(그에 대해 아무것도 몰랐기 때문이다). 하지만 결론적으로 전혀 문제가 없는 결정이었다. 그는 다소 산만하기는 했지만, 포즈를 취하는 감각이 놀랍도록 뛰어났다. 그의 감각은 본능적으로 타고난 것이었는데, 아마도 그 행복한 본능이 그를 내 작업실로 이끌었고, 명패에 적힌 내 이름을 어쨌든 읽어내게 했을 것이다. 그는 누군가의 소개를 받고 나를 찾아온 것이 아니었다. 높은 북쪽 창문의 모양을 보고 화가의 작업실일 거라는 생각을 했고, 그렇다면 화가가 있을 것이라는 추측으로 찾아온 것이었다. 그는 다른 떠돌이들처럼 돈을 벌겠다고 영국으로 왔고, 동업자와 함께 작은 녹색 손수레에 싸구려 아이스크림을 끌고 다니며 장사를 했다. 아이스크림은 녹아버렸고 동업자는 도중에 사라져 버렸다. 그 젊은이의 이름은 오론테로 붉은 줄무늬가 있는 꼭 끼는 노란색 바지를 입고 있었다. 안색은 좀 나빴지만 피부는 흰 편이었다. 내가 입던 헌 옷으로 갈아입은 그는 꼭 영국인처럼 보였지만 내가 요구하면 이탈리아인처럼 보이게 할 수 있었다. 첨 양만큼 훌륭한 모델이었다.

VI.

모나크 부인이 남편과 함께 다시 찾아왔다. 오론테가 모델로 포즈를 취하고 있는 것을 본 그녀는 얼굴에 약간 경련을 일으켰던 것 같다. 종기 투성이인 거지 나사로가 그녀의 위풍당당한 소령과 경쟁자가 될 수 있다는 것을 인정하는 것이 낯설었을 것이다. 먼저 위험을 감지한 것은 그녀였고, 소령은 마치 그림 속 사건을 보듯 전혀 의식하지 못했다. 오론테는 헷갈리면서도 열심히 차를 대접했는데, 한 번도 이런 일을 해본 적이 없었기 때문이었다. 그녀는 내가 마침내 하인을 고용했다고 좋게 생각하는 것 같았다. 그들은 오론테를 모델로 그린 내 그림 두어 장을 보더니, 그가 모델일 것이라고는 생각도 못했다고 넌지시 말했다.

"자, 선생님이 우리를 그린 그림들이요, 우리랑 똑같이 생겼잖아요."

그녀는 승리의 미소를 지으며 말했는데, 나는 이것이 바로 정확히 그들의 결점이라는 것을 깨달았다. 모나크 부부를 그릴 때 나는 그들에게서 벗어날 수가 없었고, 내가 표현하고자 하는 인물 속으로 들어갈 수 없었다. 나는 내 그림 속 모델이 누군지를 알아보는 것을 원치 않았다. 첨 양은 정체성이 전혀 드러나지 않았는데, 모나크 부인은 그녀가 천박하기 때문에 내가 일부러 감춰서라고 생각했다. 만약 그녀가 사라졌다면 그건 마치 죽어서 천국으로 떠난 것과 같은 이치였다. 다시 말하자면 그녀가 천사가 되어 더 큰 의미로 남은 것이다.

이즈음 나는 그 대형 전집의 첫 번째 소설 『러트랜드 램지』에 들어갈 삽화를 시작하고 있었다. 열두 장의 삽화를 그렸는데 그 중 여러 개가 소령 부부를 그린 것이었다. 나는 그 그림들을 보낸 후 승인을 기다리고 있었다. 출판사와의 계약은 이미 언급했듯이, 첫번째 삽화를 승인받은 경우에만 나머지 전집의 삽화를 모두 맡긴다는 조건부였다. 진짜가 내 손안에 있다는 것이 위안이 된 것은 사실이었다. 『러트랜드 램지』에는 그들과 비슷한 인물들이 나오기 때문이었다. 소령처럼 곧고 단정한 사람들과 모나크 부인처럼 세련된 여성들이 등장했다. 시골 저택에서의 생활도 아름답고 환상적이지만 풍자적으로 다뤄지고 있었다. 골프용 니커보커 바지와 킬트 스커트 차림의 인물들이 자주 등장하는 상류 사회의 모습이 가득했다. 작업을 시작하기 전에 나는 미리 몇 가지 정해놓는 것들이 있다. 예를 들어 여주인공이 정확하게 어떻게 생겼는지, 그녀의 특별한 매력은 무엇인지 하는 것들이다. 물론 저자가 작품을 통해 제시해주기는 하지만 해석의 여지는 남아 있기 때문이다. 나는 모나크 부부에게 솔직하게 내가 어떤 작업을 하고 있는지를 소개하면서, 곤혹스러운 부분과 어떤 대안을 생각하고 있는지까지 털어놓았다. "오, 우리 남편을 모델로 쓰세요." 모나크 부인이 남편을 바라보며 다정하게 말했다. 소령은 우리 사이에 형성된 편안함을 솔직하게 드러내며 물었다. "제 아내보다 더 나은 모델이 어디 있겠습니까."

소령의 그 말에 대답할 의무는 없었다. 어떤 인물에 어떤 모델을 쓸 지를 결정하는 것이 내 의무였다. 마음이 편치 않았기 때문에 조금은 소심하게 이 문제를 뒤로 미루었다. 그 책은 아주 커다란 캔버스 같았고, 수많은 인물이 등장했기 때문에 처음에는 주인공과 관련 없는 몇 가지 에피소드를 먼저 작업했다. 일단 인물들에 대해 결정하면, 끝까지 그대로 고수해야 한다. 주인공인 그 젊은이를 2미터 10센티미터가 넘는 키로 그리다가, 다음 장면에서는 175센티미터로 그릴 수는 없었다. 소령은 자신이 젊어 보인다는 말을 여러 번 했었다. 그의 체격이나 몸매를 생각하면 어떻게 그리느냐에 따라 정말 나이를 가늠할 수 없을 것 같기는 했다. 하지만 아무래도 주인공의 키는 175센티미터 쪽이 좋을 것 같았다.

즉흥적인 오론테가 나와 함께 지낸 지 한 달이 넘었다. 그의 넘치는 에너지가 앞으로 우리 관계를 계속 이어가는 데에 넘을 수 없는 장벽이 될 거라고 그동안 여러 번 이야기한 후에야, 그가 주인공을 맡을 자질이 있다는 것을 깨달았다. 그의 키는 170센티미터에 불과했지만, 나머지 5센티미터는 잠재되어 있었다. 처음에 나는 그를 모델 삼아 주인공을 표현해 봤는데, 거의 몰래 그리다시피 했다. 모나크 부부가 이런 내 결정을 어떻게 판단할지 진심으로 두려웠기 때문이다. 그들은 첨양도 무시하고 있는데, 만약 내가 훌륭한 학교를 나온 주인공을 표현하기 위해 길거리 행상을 하는 이탈리아인을 모델로 쓴다면 그들이 과연 그것을 어떻게 생각할 것인지를 말이다.

내가 조금이라도 그들을 두려워한다면, 그들이 나를 들들 볶아서가 아니었다. 그저 그들이 애처로울 만큼 예의 바르게 굴었기 때문이며, 기이할 정도로 끊임없이, 그리고 간절하게 나를 바라보았기 때문이다. 이럴 때 잭 홀리가 귀국했다는 사실이 정말 기뻤다. 그는 항상 탁월한 조언을 해주었기 때문이다. 그림 실력은 별로 였지만, 그림의 핵심을 제대로 짚어내는 데에는 그만한 사람이 없었다. 어딘지 기억은 나지 않지만, 참신한 안목을 키우기 위해 그는 1년간 영국을 떠나 있었다. 나는 늘 잭 홀리를 조금은 두려워했다. 하지만 우리는 워낙 절친한 사이였기에, 그가 1년 동안 영국을 떠나 있는 동안 나는 그를 몹시 그리워했다. 결국 문제는 그동안 나를 바로잡아 줄 '비판적 견제'가 없었다는 점이었다. 그의 높은 기준에 도전하며 작품을 만들어야 한다는 긴장감 없이 1년을 보냈던 것이다.

그는 참신한 안목을 갖추고 돌아왔지만, 오래된 검은색 벨벳 남방은 여전했다. 그가 내 작업실로 찾아온 저녁부터 새벽까지 우리는 담배를 피웠다. 그는 그림은 그리지 않았다. 작품을 보는 안목만 있었기 때문에 습작 중인 내 작품들을 보여주기에는 최고의 친구였다. 그는 『칩사이드』에 보낸 작품들을 보고 싶어 했는데 막상 보여주니 실망한 눈치였다. 그는 가로로 긴 의자에 다리를 꼬고 기대앉아 내 그림을 보고 있었는데, 입술 사이로 담배 연기를 뿜으며 두세 번의 의미심장한 신음만 냈기 때문이다.

"뭐가 문젠가…?" 내가 물었다.

"자네야말로 대체 뭐가 문젠가?"

"얼떨떨하게 혼이 빠진 것 말고는 아무 문제 없네."

"정말 혼이 빠졌구먼. 자네 제정신이 아닐세. 갑자기 무슨 새로운 바람이 분 건가?"

 저 사람은 왜 저럴까?

그는 품위 있는 내 모델들을 그린 그림을 대놓고 무례하게 집어 던졌다. 내 그림이 좋지 않으냐고 묻자, 그는 항상 내가 도달하고자 했던 목표를 염두에 두고 보면 끔찍하다고 대답했다. 그의 말이 정확히 무슨 의미인지 알고 싶었기 때문에 일단은 듣고 넘겼다. 그림 속의 두 인물은 거대해 보였다. 그런데 그 얘기를 하는 것은 아닌 것 같았다. 내가 어떤 의도를 갖고 그렇게 그렸을지 짐작하고도 남을 사람이었다. 나는 예전에 그가 나를 영광스럽게 칭찬해 주던 때, 그때와 정말 똑같은 마음으로 그림을 그리고 있을 뿐이라고 말했다. "뭐랄까… 어디 커다란 구멍이 뚫려있는 것 같아." 그가 대답했다. "기다려봐, 내가 그게 뭔지 찾아낼 테니." 나는 그가 그렇게 하기를 기다렸다. 그만큼 참신한 안목을 가진 자가 또 어디 있겠는가. 하지만 그는 "모르겠네, 어쨌든 나는 자네 모델들이 마음에 들지 않는군." 하는 모호한 답변뿐이었다. 미적 감각이 있는 솜씨, 붓질하는 기술, 복잡하고 미스테리한 그림의 가치 등에 대해 같은 의견을 함께 논의하던 그가 했다고 하기에는 너무 변변치 못한 논평이었다.

"자네가 봤던 그림에 있는 인물들 말일세, 내가 보기

엔 꽤 잘생겼다고 생각하네.”

“그렇지 않던데….”

“내가 새로운 모델을 썼거든.”

“그런 것 같더군, 근데 그들은 아닐세.”

“진짜 확실히 하는 말인가?”

“확실하네. 멍청이들이야.”

“내가 그렇단 말이지? 내가 그들을 다루기에 달려있으니까.”

“다룰 수도 없네, 그런 사람들은. 도대체 그 사람들이 누군가?”

내가 꼭 필요한 정도로 그에게 간단히 설명하자, 그는 가차 없이 말했다.

“쫓겨나야 마땅한 사람들이네.”

“한번 만나본 적도 없지 않은가. 그 사람들 세상 착한 사람들이야.”

나는 진심으로 그의 말에 반박했다.

“한번 만나본 적도 없어? 자네가 최근에 그린 작품들이 그 사람들 때문에 산산조각이 났는데? 그만하면 나는 그 사람들이 누군지 다 안 셈이네.”

“내 그림을 나쁘게 말한 사람은 지금까지 단 한 사람

도 없었네.『칩사이드』사람들도 좋아했고.”

“모두 멍청이들일세.『칩사이드』놈들이 그중에서
도 제일 멍청하고. 요즘 같은 시대에 대중이나 출판사
사람들, 편집자들에게 환상 비슷한 게 있다면, 제발 그
런 척도 하지 말게. 자네는 그런 동물들을 위해서 그림
을 그리는 게 아니지 않는가. 그림을 좀 아는 사람들을
위해서 해야지. 자신을 위해서 못 하겠다면, 나를 위해
서라도 제대로 해주게. 처음부터 자네는 해 내고 싶던
목표가 있었지. 훌륭한 목표였어. 이런 헛소리 같은 것
들은 그 목표와 거리가 멀어.”

나중에 나는 홀리랑『러틀랜드 램지』와 그 후속작들
에 관해 이야기했는데, 그는 내 배로 돌아가야 한다고
안 그러면 침몰할 것이라고 말했다. 말하자면 그것은
경고의 목소리였다.

나는 그 경고를 명심했지만, 그렇다고 소령 부부를
내쫓지는 않았다. 그들은 아주 지루했지만, 그렇다고
단순히 짜증 난다는 이유로 그들을 희생시켜서는 안 된
다는 생각이 들었다. 그들에게서 얻을 것이 있을지는
아무도 모르는 일이기 때문이다. 돌이켜보니 그들은 이

미 내 삶의 적지 않은 부분을 차지했던 것 같다. 대부분의 시간을 내 작업실에서, 마치 궁정의 대기실에 있는 인내심 많은 시종처럼, 벽에 기댄 채로 오래된 벨벳 벤치에 앉아 있던 그들의 모습이 떠오른다. 그해 겨울 가장 추웠다고 하던 기간 동안 그들이 내 스튜디오에 남아 있던 이유는 틀림없이 난방비를 아끼기 위해서였을 것이다. 새로움은 점점 빛을 잃어갔고, 나는 그들이 동정의 대상이 되었다는 것을 인정하지 않을 수가 없었다. 첨 양이 올 때마다 그들은 집으로 돌아갔다. 내가 『러틀랜드 램지』 작업을 본격적으로 시작한 후로 첨 양은 꽤 자주 찾아왔다. 그들은 그 책의 하층민들을 위한 모델로 첨 양을 쓰면 좋겠다고 넌지시 말했는데, 나는 그들이 그렇게 생각하도록 내버려두었다. 스튜디오에 널려있는 원고를 보면서도 그 내용이 오직 상류층 생활만을 다루고 있다는 것을 알아채지 못하는데 무슨 말을 할 수 있겠는가. 그들은 그렇게 우리 시대의 소설가 중 가장 뛰어난 작가의 작품을 손에 들고도 많은 부분을 해독하지 못하고 있었다. 나는 잭 홀리의 경고에도 불구하고 여전히 가끔 그들과 한 시간 정도를 함께 했다. 그들을 해고해야 한다면 추운 겨울이 끝난 후에 해도 된다고, 시간은 충분하다고 생각했기 때문이었다. 어느 날, 그들을 우습게 여기던 홀리가 작업실 난롯가에 앉아 있는 소령 부부와 마주친 적이 있었다. 홀리가 화가라는 것을 알게 된 모나크 부부는 그에게 접근해 자신들이 진짜라는 것을 증명하려고 애썼다. 하지만 그는 커다란 작업실 건너편에 있는 그들을 마치 몇 킬로미터나 떨어져 있는 사람을 보듯이 바라봤다. 그들은 홀리가 가장 거부하는 것들을 응축한 인물들이었다. 기존 방식과 인습의 틀에 박혀서 모든 것이 뻔한, 광나는 에나멜 가죽 구두를 신고 다니며 과한 감탄사로 대화를 중간에 끊게 만드는, 그는 그런 사람들이 화가의 작업실에 있을 이유는 없다고 말했다. 화가의 작업실은 보는 법을 배우는 장소인데, 비싸고 부드러운 깃털 이불이 놓인 침대 두 개를 갖고 무엇을 어떻게 볼 수 있겠느냐는 것이었다.

그 부부와 함께 있는 것이 불편했던 가장 큰 이유는, 풍부한 예술성을 가진 나의 키 작은 하인이 『러틀랜드 램지』의 모델을 맡고 있다는 점을 그 부부에게 들킨다는 것이 처음에는 너무 부끄러워 숨기고 싶었기 때문이었다. 그들은 멋진 콧수염을 기르고 신원 확실한 사람이 있는데도, 길거리 부랑아 외국인을 모델로 쓰는 것을 이상하게 생각했다(슬슬 예술가들이 좀 특이하다는 것을 받아들일 준비가 된 것 같기는 했지만). 어쨌든 내가 그 하인의 능력을 얼마나 높이 평가하는지를 알아차리기까지는 시간이 좀 걸렸다. 그들은 몇 번이나 오론테가 포즈를 취하고 있는 모습을 봤지만, 바렐 오르간이나 끌고 다니며 연주하는 길거리 악사 그림이나 그리는 중이려니 생각했고 조금도 의심하지 않았다. 그 부부가 모르는 몇 가지 사실이 더 있다. 그중 하나는 소설의 인상적인 장면에서 하인이 등장하는데, 비천한 일을 하는 그 하인의 모델로 모나크 소령을 써볼지 잠깐 생각했다는 것이다. 하지만 그에게 하인들이 입는 제복을 입으라고 하기가 마음에 걸린 데다가, 그에게 맞는 하인 제복을 찾는 것도 어려운 일이라 그 일을 계속 미루고 있었다. 그해 겨울이 끝나갈 무렵, 내가 그들이 경멸하는 오론테와 작업을 하고 있을 때였다. 오론테는 내 의도를 재빨리 파악했고, 덕분에 나는 원하는 대로 그림이 잘 그려지는 기쁨을 한창 만끽하고 있을 때였는데, 그 부부가 작업실로 들어왔다. 그들은 여전히 남의 시선을 의식하는 사회성 좋은 웃음을 띠고 있었다(그때쯤 그들은 웃

　　　　　　　　　　　　　　　　　　　저 사람은 왜 저럴까?

을 일이 점점 줄어들고 있었다). 나는 그들을 볼 때마다 시골에서 한 달 살기를 하는 도시 사람들이 떠올랐다. 그날 그들은 마치 교회가 끝나고 산책도 할 겸 공원을 가로질러 걷는데, 사람들이 자꾸 점심을 같이 먹자고 하는 바람에, 점심은 이미 먹었고 차는 한잔 마실 수 있다며 마지못해 들어온 사람들 같았다. 나는 그들이 차를 마시고 싶어 한다는 것을 알고 있었지만, 한창 집중이 잘 되던 열기를 식히고 싶지 않았다. 내 모델이 차를 준비하는 동안 작업은 중단될 수밖에 없을 것이고, 자연광도 점점 기울어가고 있었기 때문이다. 나는 모나크 부인에게 차를 준비해 주실 수 있는지를 물었는데, 순간 그녀의 얼굴이 확 붉어졌다. 그녀는 잠시 남편의 눈을 바라보았고 둘 사이에 무언의 신호가 오갔다. 소령의 명랑한 현명함 덕에 그들은 더 이상 못난 모습을 보이지 않았다. 나는 그들의 상처받은 자존심을 동정하기보다는, 오히려 내가 할 수 있는 한 그들을 가르쳐주고 싶었다. 그들은 함께 바쁘게 움직이며 컵과 받침을 꺼냈고, 주전자에 물을 끓였다. 그들이 하인 오론테의 시중을 드는 것 같은 기분을 느꼈을 거라는 것을 나는 알고 있었다. 차가 준비되자 나는 말했다. "그에게도 한잔 가져다주시겠습니까. 피곤할 겁니다." 모나크 부인은 오론테가 서 있는 곳으로 차를 가져다주었고, 그는 마치 중절모를 팔꿈치에 끼우고 있는 파티장의 신사처럼 그 찻잔을 받았다.

그때 나는 그녀가 나를 위해 큰 노력을 했다는 것을 알았다. 그녀는 일종의 교양으로 이 일을 해냈고, 나는 그것을 보상해 줘야 하는 빚을 진 것 같았다. 하지만 그렇다고 내가 억지로 그들을 모델로 쓰는 잘못을 계속할 수는 없었다. 아, 그건 정말 잘못이었다. 홀리만 그렇게 말한 것이 아니었다. 『러틀랜드 램지』에 들어갈 많은 그림을 제출한 후에 나는 출판사의 미술 고문으로부터 더 핵심적인 경고를 받았다. 내가 제출한 많은 삽화가 기대에 미치지 못했다고 판단한 것이다. 대부분은 모나크 부부가 등장한 장면이었다. 그의 기대가 어떤 것인지를 따져보지 않더라도, 이런 식으로는 나머지 부분의 삽화를 맡을 수 없다는 것이 분명해 보였다. 절망에 빠진 나는 첨 양에게 매달렸고, 그녀의 능력을 최대한 활용했다. 그전까지는 오론테를 주인공 모델로 공개적으로 채택하지 않았지만, 어느 날 아침 소령이 찾아와서 『칩사이드』의 주인공 모델로 자신을 쓸지 물었을 때,

나는 생각이 바뀌었다고 내 하인을 쓰기로 했다고 말했다. 내 말을 들은 나의 방문객은 창백한 얼굴로 나를 바라보며 서 있었다.

"그가 선생님이 생각하는 영국 신사의 모습이라는 말씀입니까?"하고 그는 물었다.

나는 실망스러웠고, 그림을 계속 맡지 못할까 초조했으며, 계속 이 전집의 삽화를 그리고 싶었다. 그래서 나는 짜증을 내며 그에게 이렇게 말하고 말았다.

"아, 소령님, 제발요, 당신 때문에 제가 망할 수는 없습니다."

그는 잠시 서 있더니, 조금 후 아무 말 하지 않고 작업실을 떠났다. 그가 떠나자 나는 긴 한숨을 내쉬었다. 다시는 그를 보지 못할 것 같다는 생각이 들었기 때문이다. 나는 그 소령 때문에 내 그림이 거부당할 위기라는 것을 명확하게 말하지는 않았지만, 나에게 닥친 이 재앙의 분위기를 그가 눈치채지 못하는 것이 짜증 났다. 그는 내가 그와 함께 작업한 것이 아무 성과도 내지 못했다는 것도 알지 못했다. 예술의 기만적인 성격은 가장 고상한 존재를 무가치한 싸구려로 전락시킬 수 있다는 것을 그가 이해하지 못하는 것이 정말 짜증 났다.

그들에게 비용을 다 지불했음에도 불구하고 나는 그 부부를 다시 보게 되었다. 그들은 사흘 후에 다시 나타났는데, 모든 상황을 다 감안한다고 해도 그들의 재등장은 비극적인 느낌을 주었다. 딱히 인생의 다른 할 일을 찾지 못했다는 증거였기 때문이다. 절망에 빠져 이 문제를 곱씹은 결과 마침내 그들은 자신들이 이 삽화의 모델이 될 수 없다는 사실을 받아들인 것 같았다.『칩사이드』작업에도 쓸 수 없다면 대체 그들이 할 수 있는 일은 무엇일지 생각하니 머리가 아팠다. 그래서 처음에 나는 저들이 나를 용서하고, 예의 바르게 마지막 인사를 하려고 찾아온 것으로 생각했다. 그렇게 생각하니 내심 그들에게 신경 쓰지 않아도 되니 다행이란 생각에 기뻤다. 그림에 집중하느라 너무 바빴기 때문이다. 그때 내 두 모델 첨 양과 오론테는 함께 포즈를 취하고 있었고, 나는 나에게 성공과 명예를 안겨줄 희망에 부풀어 그림에 열중하던 중이었다. 이 장면은 아르테미시아가 어려운 악보를 연주하는 척하고 있을 때, 러틀랜드 램지가 그 옆으로 의자를 끌고 가 앉으며 범상치 않은 말을 건네는 대목에서 암시를 얻었다. 첨 양이 피아노 치는 장면을 전에도 그린 적이 있는데, 그녀는 어떤 자세를 취하면 시적인 우아함을 연출할 수 있는지를 잘 알고 있었다. 나는 두 사람이 강렬한 조합으로 어울리기를 바랐고, 체격이 작은 나의 이탈리아 모델은 내 구상을 완벽하게 이해하고 있었다. 두 사람이 생생한 표현으로 내 앞에 있으니, 피아노가 존재감이 사라져 뒤로 밀려나는 것 같았다. 청춘 남녀가 사랑을 속삭이는 매혹적인 장면이었다. 나는 그 순간을 포착해 그림 속에 붙잡아 놓기만 하면 되었다. 내 방문객들은 그 장면을 바라보며 서 있었고, 나는 어깨너머로 그들을 보며 인사를 건넸다.

그들은 아무 말도 하지 않았다. 나는 누군가 말없이 내 그림을 지켜보는 것에 익숙했기 때문에, 하던 작업을 계속했다. 이번 작업은 아주 이상적이라는 생각에 흥분한 상태였지만, 그 와중에도 마음 한편에는 그 부부가 있었다. 잠시 후 나는 모나크 부인의 다정한 목소리를 내 옆, 아니 정확히 말하면 위쪽에서 들었다.

"그녀의 머리를 좀 다듬으면 좋을 것 같아요."

고개를 들어보니, 모나크 부인이 첨 양의 뒷모습에 눈을 고정한 채 응시하고 있었다.

"제가 얼른 머리 좀 만질 수 있을까요?"

모나크 부인의 질문에 나는 본능적으로, 그녀가 첨 양에게 해코지할지도 모른다는 걱정에 벌떡 일어났다. 하지만 그녀는 내가 결코 잊을 수 없는 눈빛으로 나를 진정시켰다. 고백하건대, 그 장면을 그림으로 담을 수 있었다면 정말 좋았을 것이다. 그러고는 내 모델에게 다가갔다. 첨 양 어깨에 손을 얹고 몸을 숙이더니 부드러운 목소리로 말했다. 첨 양이 그녀의 말을 알아듣고 그렇게 해달라고 하자, 그녀는 몇 번의 빠른 손놀림으로 첨 양의 지저분한 곱슬머리를 단정하게 정리해서 그녀를 두 배는 더 매력적으로 만들었다. 그것은 내가 지금까지 본 것 중 가장 개인적이고 영웅적인 훌륭한 배려였다. 모나크 부인은 살짝 한숨을 쉬고 돌아서더니, 무언가 할 일이 더 있나 하고 주위를 돌아보았다. 그리고 고결하고 겸손한 태도로 바닥에 떨어진 더러운 천 조각을 집어 들었다.

그동안 소령도 할 일을 찾고 있었다. 그는 작업실 맞은편 끝에 내가 아침 식사를 마친 후 치우지 않고 내버려 둔 곳을 보았다.

"저… 제가 뭐라도 좀… 하면 안 될까요?" 그의 목소리는 갈라져서 제대로 나오지조차 않았다. 나는 대답

    저 사람은 왜 저럴까?

을 잘못하면 어색해지지 않을지 걱정스러워 그저 미소로 동의를 표현했다. 10분 정도 되는 시간 동안 나는 하던 작업을 계속했다. 도자기 소리, 유리그릇, 스푼이 달그락거리는 소리가 들렸다. 모나크 부인이 남편을 도왔고, 그들은 식기를 씻고 그릇을 정리했다. 그러고는 내 작은 부엌 안으로 들어갔는데, 나중에 보니 칼도 닦여 있었고, 얼마 안 되는 그릇들도 예전과 달리 깨끗한 광택이 났다. 그들이 하는 행동이 사실은 말 없는 호소였다는 것을 깨닫게 되자, 그 순간 그림이 흐릿해지고 일렁거렸다는 것을, 나는 솔직히 고백한다. 그들은 자신의 패배는 인정했지만, 자신의 운명을 받아들이지는 못했다. 그들은 진짜가 아닌 것이 진짜보다 더 소중할 수 있다는 얄궂고 잔인한 미덕의 법칙 앞에 어리둥절한 채로 고개를 숙였지만, 그렇다고 굶어 죽을 수는 없었다. 하인이 모델이 될 수 있다면, 모델이 하인이 되는 것도 가능할 것이다. 역할을 바꾸어도 좋을 것이다. 신사와 귀부인 대신 다른 사람들이 모델이 되었으니, 그 사람들이 하던 집안일을 그 부부가 하면 될 것이다. 그들은 계속 내 작업실에 남고 싶어 했다. 그들의 행동은 제발 자신들을 내쫓지 말아 달라는 강렬한 무언의 호소였다.

“우리를 써주세요.” 그들은 그렇게 말하고 싶어 했다.

“무슨 일이든지 하겠습니다.”

눈 앞에 펼쳐진 이 모든 상황 때문에 나는 더 이상 그림을 그릴 수 없었다. 결국 화필을 떨어뜨렸고, 놀라고 당황하는 모델들을 돌려보낼 수밖에 없었다. 그리고 마침내 소령 부부와 나만 남게 되는 극단적으로 불편한 순간이 닥치고 말았다. 소령은 그들의 간절한 소망을 한 문장으로 표현했다.

“그게, 그러니까… 저희가 선생님을 위해 일할 수는 없습니까?”

그럴 수는 없었다. 그들이 내 뒤치다꺼리를 하는 모습을 보는 것은 끔찍했다. 하지만 일주일 정도는 기꺼이 참아줄 수 있었다. 일주일 후 나는 그들에게 돈을 주고 떠나라고 말했다. 그 이후로 나는 다시는 그들을 보지 못했다. 나는 전집의 나머지 삽화 작업을 마칠 수 있었지만, 친구 홀리는 여전히 모나크 부부가 나에게 영구적인 타격을 입혔다고 단언했다. 내 화풍이 예전의 수준으로 결코 되돌아가지 못할 만큼 추락해 버렸다는 것이다.

설령 그것이 사실이라 해도, 나는 기꺼이 그 대가를
치를 용의가 있다. 그 상실의 기억을 위해서라면 말이다.

Пари
내기

안톤 체호프

"굳이 당신을 이해하고 싶지도 않습니다."

I.

깊은 가을밤. 늙은 은행가가 서재를 이리저리 거닐고 있다. 그는 15년 전 가을, 자타공인 똑똑하다는 사람들로 가득 찬 자신의 파티에서 오고 간 흥미로운 대화를 떠올리고 있었다. 사형제도에 관한 이야기였다. 파티에 모인 사람들은 기자 혹은 지적인 엘리트였는데 대부분 사형을 반대했다. 구시대적이고, 비도덕적이며 기독교 국가와 맞지 않는 제도라고 주장했다. 사형을 전부 종신형으로 대체해야 한다고 말하는 사람들도 있었다.

"거기엔 동의하지 않습니다." 파티의 주인인 은행가가 말했다.

“사형과 종신형 둘 다 경험해 보지는 못했지만, 사형이 더 도덕적이고 인간적이지요. 한 번에 죽이는 게 사형이라면, 종신형은 천천히 죽이는 거 아닙니까. 몇 분 내로 끝나는 것과 질질 끌면서 몇 년에 걸쳐 서서히 죽이는 것 중 뭐가 더 인간적이겠소?”

“둘 다 비인간적인 건 마찬가집니다.” 누군가가 말했다.

“둘 다 사람의 삶을 빼앗는다는 면에서 목적이 같지 않습니까. 삶이란 한번 앗아가면 다신 되돌릴 수 없고요. 국가는 신이 아닙니다. 생명을 빼앗을 권리가 없어요.”

그는 스물다섯 살의 젊은 변호사였다. 사람들의 질문에 답하며 그는 말을 계속했다.

“사형이든 종신형이든 둘 다 똑같이 비도덕적이지만, 그래도 저라면 종신형을 선택하겠습니다. 어쨌든 살아는 있잖아요. 아예 죽은 것보다는 낫죠.”

열띤 논쟁이 벌어졌다. 그때는 젊었고, 지금보다 훨씬 신경과민 상태였던 그 은행가는 혈기를 억제하지 못해 주먹으로 테이블을 치며 그 젊은이를 향해 소리쳤다.

    저 사람은 왜 저럴까?

"틀렸어! 자네가 독방에서 5년을 못 버틴다에 내 200만 루블을 걸겠네."

"방금 그 말씀이 진심이라면," 젊은이는 말을 계속했다.

"내기해도 좋습니다. 5년이 아니라 15년을 버티겠습니다."

"15년? 그렇게 하지." 은행가는 소리쳤다.

"여러분, 여기 제가 200만 루블을 겁니다!"

"합의했습니다! 당신은 200만 루블을 걸고, 저는 제 자유를 걸겠습니다."

엉터리 같고 폭력적인 내기 계약은 그렇게 성사되었다. 제멋대로에 경솔하고, 돈만 감당 못 하게 많은 이 은행가는 쾌재를 불렀다. 그는 저녁 식사를 하며 신나게 빈정거렸다.

"잘 생각해 보게. 아직 시간이 있다고, 젊은이. 나한테 200만 루블은 푼돈이지만, 자네는 인생에서 가장 좋은 시절 3~4년을 잃는 거야. 내가 3~4년이라고 말하는 건, 그 이상은 불가능할 게 뻔하기 때문이지. 강제 감금보다 자발적인 감금이 훨씬 견디기 힘들다는 것도 명심하게. 언제든 자유롭게 나갈 수 있다는 그 생각이 오히려 독이 될 거니까 말일세. 자네가 하도 불쌍해서 하는 말이네.”

서재를 걸으며 기억을 되뇌던 은행가는 자신에게 물었다.

“그 내기의 목적이 뭐였을까. 그 젊은이는 인생의 15년을 잃고, 나는 200만 루블을 버리는 게 대체 무슨 소용이란 말인가. 그걸로 사형이 종신형보다 낫다는 걸 증명할 수는 있을까. 아니지, 아니야. 전부 무의미하고 허무맹랑한 짓이었어. 나는 방자한 젊은 놈한테 순간의 허세를 부렸고, 그는 단순히 돈에 대한 욕심 때문이었을 테지.”

은행원은 내기 당일 저녁을 떠올렸다. 젊은이는 엄격한 감시 아래 갇히는 것에 동의했다. 감금 장소는 은행가의 정원 안에 있는 오두막이었다. 15년 동안 그는 오두막 문을 열지 못할 것이다. 아무도 만날 수 없을 뿐 아니라, 사람의 목소리조차 들을 수 없다. 신문과 편지도 받을 수 없다. 악기와 책은 허용되었다. 편지를 쓰거나 와인을 마실 수 있고, 담배도 피울 수 있었다. 계약 조건에 따르자면, 바깥세상과 소통할 수 있는 유일한 방법은 특별히 만들어진 작은 창문을 통해서만 가능했다. 원하는 책, 음악, 와인 등을 주문서에 적어 요청하면, 창문을 통해서 받는 방식이었다. 완벽한 고독 속에 감금하기 위해, 세부 사항까지 꼼꼼하게 규정했다. 1870년 11월 14일 정오 12시부터 1885년 11월 14일 정오까지 정확히 15년 동안의 감금 기간이 명시됐다. 아주 사소한 조건이라도 어기거나, 그런 시도라도 발견되면 곧바로 은행가는 200만 루블을 지급할 의무에서 해방된다는 규정도 명확했다.

첫 일 년은 그의 짧은 메모를 통해 짐작하건대, 지독한 외로움과 우울증에 시달렸던 것 같다. 오두막에서는 피아노 소리가 시도 때도 없이 들렸다. 그는 와인과 담배를 거부했다. 수감자에게 최악의 방해꾼인 욕망을 와인이 자극한다는 게 그 이유였다. 술잔을 같이 기울일 사람 하나 없이, 혼자만 마시는 좋은 와인이야말로 음울하고 처참할 거라고 했다. 담배는 방 안 공기나 오염시킬 뿐이라며 거절했다. 그해에 은행가는 복잡미묘한 사랑 이야기나 선정적이면서 환상적인 이야기 책 같은 가벼운 소설만 조달하면 되었다.

다음 해가 되자, 피아노 소리가 끊겼다. 수감자는 고전 서적을 요구했다. 오 년이 지나서야 다시 음악 소리가 들렸고, 수감자는 와인을 주문하기 시작했다. 창문으로 그를 감시하던 사람들의 말에 따르면, 그는 침대에 누워서 아무것도 하지 않았다고 한다. 그저 먹고 마셨으며 줄곧 하품을 하거나 분노의 혼잣말을 하면서 시간을 보냈다고 했다. 그는 더 이상 책을 읽지 않았다. 긴밤 내내 글을 쓰기도 했지만, 아침이면 어김없이 다 찢어버렸다. 수감자가 우는 소리가 여러 번 창밖으로 새어 나왔다.

6년 하고도 절반이 더 지났을 때, 그는 언어, 철학, 역사 공부를 시작했다. 어찌나 열성으로 공부를 하는지, 그가 요구하는 책을 구하는 게 여간 힘든 일이 아니었다. 사 년 동안 그가 주문한 책은 대략 600 여권이었다. 이때 수감자가 보낸 편지는 다음과 같았다.

간수님께,

이 글은 6개 국어로 쓰겠습니다. 혹시 하나라도 틀린 부분이 있는지, 각 언어에 능통한 사람들에게 보여주세요. 만약 모든 사람이 단 한 군데도 틀린 곳이 없이 완벽하다고 한다면, 정원에서 총을 쏘아 주실 수 있을까요. 총성을 들으면 제 노력이 헛된 게 아니었다는 생각이 들 것 같아 이렇게 부탁드립니다. 동서고금을 막론하고 천재들의 언어 속에는 같은 불꽃이 타오르고 있습니다. 시대와 나라에 따라 언어는 다르지만, 그 안에 동일하게 타오르는 불을 이해하게 되었습니다. 지금 제 영혼이 느끼는 세속을 초월한 이 행복감을 간수님도 느낄 수 있다면 좋겠습니다.

은행원은 수감자의 편지에 화답하기 위해 정원에서 두 발의 총소리를 내도록 지시했다.

갇힌 지 10년이 지났을 무렵, 그는 수행이라도 하듯이 움직이지 않고 신약성경의 4대 복음서를 읽었다. 4년간 600여 권의 어려운 책들을 독파한 사람이 한 권 분량도 안 될, 누구나 쉽게 읽는 마태복음, 마가복음, 누가복음, 요한복음 네 부분을 읽는 데에 거의 1년을 허비하는 모습을 은행원은 이해하기 어려웠다. 뒤이어 그는 종교 관련 역사책과 신학 서적을 요청했다.

감금이 끝나기 전 2년 동안 그는 닥치는 대로 엄청난 양의 책을 읽어댔다. 자연과학에 몰두하는가 싶더니 다음 날은 바이런이나 셰익스피어를 요청했다. 그러다가 화학책을, 의사들이 환자 진료를 위해 참고하는 치료 지침을, 어떤 날은 소설책까지 모두 한꺼번에 구해 달라고도 했다. 신학 논문과 철학 논문도 같이 부탁했다. 그의 독서는 망망대해 난파선에서 어떻게든 살아남고자 부서진 나무 파편이라면 뭐든 붙잡고 끼우며 안간힘을 쓰는 발버둥 같았다.

II.

모든 기억을 되새기며 늙은 은행가는 생각했다.

'내일 정오면 그는 이제 자유다. 계약대로 나는 200만 루블을 지급해야 하는데, 그러면 난 파산이야.'

15년 전에는 그의 재산이 셀 수 없이 많았는지 모르나, 현재 남은 돈으로는 여기저기 진 빚을 제대로 갚지도 못할 처지였다. 도박처럼 주식 투자를 했고, 무모하고 위험한 투기를 즐긴 탓에 상승장에서도 하락을 맛보았다. 재산과 함께 그의 대단한 자부심, 대범함, 자긍심도 서서히 줄어들었다. 지금 그는 작은 돈에 일희일비하는 소시민에 지나지 않았다.

"이 망할 놈의 내기!"

늙은 남자는 절망에 머리를 움켜쥐고 중얼거렸다.

"왜 그 남자는 죽지 않았지? 그는 이제 겨우 마흔이야. 내 남은 재산을 탈탈 털어 가져가서는 결혼할 테지. 그리고 인생을 즐기면서, 그 돈으로 주식 시장에서 한 몫 크게 잡으려고 하겠지. 그놈을 부러워하는 거지꼴의 나를 볼 때마다, '당신 덕분에 행복을 얻었으니 내가 좀 도와드릴까요…' 식으로 말하겠지. 아아. 안 돼. 그건 너무해. 지금 내가 파산과 치욕을 벗어날 수 있는 유일한 방법은 그자가 죽는 것뿐이다!"

시계는 새벽 3시를 알리고 있었다. 밖에서 나무를 흔드는 서늘한 바람 소리도 집안에서는 고요한 소음에 지나지 않았다. 모두가 잠든 밤이었다. 그는 숨죽이며 금고에서 15년 동안 손대지 않은 열쇠를 꺼냈다. 그러고는 조용히 외투를 꺼내 입고 집을 나섰다.

어둡고 쌀쌀한 정원에는 비가 추적추적 내리고 있었다. 차갑고 습한 바람이 정원을 휘몰아치며 나무를 매섭게 흔들었다. 캄캄한 어둠이었다. 눈을 부릅떠도 하얀 조각상도, 오두막도, 나무 한 그루도 보이지 않았다. 오두막 자리를 찾아 경비원을 두 번 불렀다. 대답이 없었다. 궂은 날씨를 피해 부엌이나 온실 같은 곳에 피신

해 잠들어 있는 것이 분명했다.

"내 용단대로만 된다면," 늙은 남자는 생각했다.

"경비원이 모든 의심을 뒤집어쓸 테지."

그는 더듬더듬 감각으로 걸으며 오두막 대문을 찾아 안으로 들어갔다. 좁은 통로에 들어서자, 성냥을 켜 불을 밝혔다. 살아있는 기운이 하나도 느껴지지 않았다. 나무 판만 덩그러니 남은 침대에는 이불이 없었다. 구석에는 검게 탄 무쇠 난로 하나뿐이었다. 수감자의 방문은 처음 봉인한 상태 그대로 단단히 닫혀 있었다.

성냥불이 꺼지자, 노인은 오싹함을 느끼며 작은 창문 안을 들여다보았다. 촛불이 일렁거리며 방을 흐릿하게 밝히고 있었다. 수감자는 테이블에 앉아 있었다. 어둠 때문에 그의 등과 뒤통수, 머리카락, 손 정도만 알아볼 수 있었다. 책들이 여기저기 펼쳐져 있었다. 탁자 위에도 두 의자 위와 탁자 아래 카펫에도 책이 펼쳐져 있었다. 벌써 5분이 흘렀지만, 수감자는 미동도 없었다. 십오 년의 감금 생활로 그는 움직이지 않는 법을 배운 것 같았다. 창문을 두드려봤지만, 아무 반응도 하지 않았다. 은행가는 조심스럽게 단단히 싸맨 봉인을 뜯고 열쇠를 꽂아 돌렸다. 녹슨 열쇠 구멍에서 끼익하는 소

 저 사람은 왜 저럴까?

리가 났다. 삐걱대며 문이 열렸다. 놀라서 소리라도 지르며 달려올 줄 알았는데, 3분이 넘도록 방은 여전히 침묵 속에 고요했다. 아무래도 직접 안으로 들어가야 할 것 같았다.

사람 같지 않은 남자가 탁자에 기댄 채 움직이지 않고 앉아 있었다. 피부가 뼈에 바싹 달라붙어 해골이나 마찬가지였다. 헝클어진 머리카락은 여자처럼 길었고, 수염은 덥수룩했다. 얼굴은 누렇게 뜬 흙빛이었고, 움푹 꺼진 볼은 홀쭉했다. 얇아서 더 길쭉한 등은 좁았고, 지저분한 머리를 받치고 있는 그의 손은 너무 가늘어서 섬뜩할 정도였다. 하얗게 센 머리와 말라비틀어진 늙은 얼굴은 마흔 살이라는 것을 믿기 어려울 지경이었다. 그는 앉은 채로 고개를 숙이고 잠들어 있었다… 탁자 위에는 종이 한 장이 있었는데 멋진 필체로 무언가 쓰여 있었다.

"이 불쌍한 중생…" 은행가는 생각했다.

'백만장자의 꿈을 꾸면서 잠들어 있을 테지, 몸을 보니 이미 반 이상 죽은 거나 마찬가진데, 침대에 눕히고 베개로 살짝만 누르기만 하면 되겠군. 그러면 제아무리 꼼꼼한 전문가라도 폭력의 기미도 못 찾을 거야. 그나

저나 여기 뭐라고 써있는 지나 한번 볼까.'

은행가는 탁자 위 종이를 집어 들었다.

"내일 정오가 되면 저는 자유를 되찾고 사람들과 어울릴 수 있습니다. 이 방을 떠나 환한 햇빛을 누리기 전에, 꼭 하고 싶은 말이 있습니다. 저를 지켜보는 신 앞에, 양심에 손을 얹고 말하겠습니다. 자유, 생명, 건강. 그동안 당신들의 책에 쓰인, 세상이 좋아하는 모든 것들을 저는 경멸합니다.

15년 동안 저는 지상의 삶에 대해 치열하게 공부했습니다. 세상을 직접 경험하지도, 사람을 만나지도 않았지만, 당신이 보내준 책을 읽고 향기로운 와인을 마시고, 노래를 불렀습니다. 숲속에서 사슴과 멧돼지 사냥도 했습니다. 여자를 사랑하기도 했습니다. 시인들과 천재들이 창조한 천상의 선녀 같은 미녀들이 밤마다 제 귀에 아름다운 이야기를 속삭여, 저는 핑그르르 황홀경에 빠졌습니다. 당신의 책 덕분에 저는 엘부르즈와 몽블랑 꼭대기에 올라 해돋이를 보았습니다. 저녁이 되자, 그 해가 하늘과 바다와 산 정상에 황금빛 붉은 물결로 넘실대는 것도 보았습니다. 제 머리 위를 내리치고 다시 먹구름을 쪼개던 번개를 보았습니다. 울창하게 푸른 숲과 들판을, 수많은 강과 호수와 마을들을 보았습니다. 세이렌의 노랫소리를 들었고, 양 떼를 모는 목동의 피리 소리를 들었습니다. 신과 저의 대화를 들으려고 날아온 매혹적인 악마의 날개도 만져보았습니다. 당신의 책 덕분에 저는 바닥이 없는 구렁텅이에 몸을 던졌고 기적을 행했으며 학살을 저지르고 마을을 불태우고 새로운 종교를 전파하고 온 왕국을 정복하기도 했습니다. 당신의 책들은 저에게 지혜를 주었습니다. 인류가 끊임없이 생각하고 수 세기에 걸쳐서 창조한 모든 것이 제 머릿속에 압축되어 담겼습니다. 저는 제가 세상 누구보다 현명하다는 것을 알고 있습니다.

하지만 지금 저는 당신이 보내준 그 책들을 경멸합니다. 지혜도, 세상이 축복이라 부르는 그 모든 것들도, 제게는 한낱 신기루에 불과합니다. 가치 없고, 덧없고, 환상에 지나지 않는 속임수입니다. 당신은 스스로가 자랑스러울 수도 있습니다. 어쩌면 현명한 사람일지도, 아름다운 사람일 수도 있지요. 하지만 죽음으로 우리는 결국 세상에서 깨끗이 지워져 들쥐처럼 땅속으로 들어갈 겁니다. 후손들도, 세상의 역사도, 불멸의 천재성도

꽁꽁 얼어버리거나 지구와 함께 타버리겠지요.

당신들은 이성을 잃고 그릇된 길을 걷고 있습니다. 거짓을 진리로 착각하고, 추악함을 아름다움으로 오인했습니다. 만약 사과 나무나 오렌지 나무에 열매 대신 개구리나 도마뱀이 열린다면 놀라시겠지요? 장미꽃에서 땀 흘리는 경주마 냄새가 난다거나 한다면요? 저는 천국과 지옥을 맞바꾼 당신을 보며 그렇게 놀랍니다. 굳이 당신을 이해하고 싶지도 않습니다.

당신의 삶을 이루는 모든 것을 멸시한다는 것을 행동으로 보여주기 위해, 나는 선언합니다. 200만 루블을 포기하겠습니다. 당신의 200만 루블을 천국처럼 꿈꿨던 때도 있었지만, 지금은 혐오합니다. 약속된 돈을 포기하겠다는 표시로 약속한 시각보다 다섯 시간 일찍 나가 내기를 파기하겠습니다…."

은행가는 종이를 다시 제자리에 놓은 후 이 기이한 남자의 이마에 입을 맞췄다. 그리고 흐느끼며 오두막을 빠져나왔다. 그동안 단 한 번도, 주식시장에서 엄청난 돈을 잃었을 때도 지금처럼 지독한 모멸감을 느껴본 적은 없었다. 집에 들어와 침대에 누웠지만, 요동치는 감

  저 사람은 왜 저럴까?

정과 눈물 때문에 잠을 이룰 수 없었다.

아침이 되자 창백하게 질린 경비원이 달려와 수감자가 창문을 넘어 도망가는 것을 보았다고 말했다. 은행가는 그 즉시 하인들과 오두막으로 들어가 수감자가 도망친 것을 함께 확인했다. 그는 탁자 위에 수감자가 남기고 간 200만 루블을 포기한다는 내용의 문서를 금고 안에 넣고 단단히 잠갔다. 혹시 불필요한 뒷말이 나오는 것을 막기 위해서였다.

Ein Hungerkünstler

단식 예술가

"왜 40일이 지나면 멈추는 것일까. 훨씬 더 오래,
무제한으로도 단식을 할 수 있을 것 같았다."

몇십 년 지나면서 단식 예술가에 대한 관심이 확 줄었다. 초반에는 대규모로 상연하면 큰돈을 벌었는데, 요즘에는 불가능하다. 지금과 다른 시절이었다. 그때는 도시 전체가 단식 예술가에 열광적으로 사로잡혀 있었다. 하루하루 단식 기간이 길어질수록 인파가 늘었다. 사람들은 적어도 하루 한 번은 그를 보고 싶어 했다. 단식 막바지에는 매시간 티켓을 몽땅 사서 하루 종일 단식 예술가가 갇힌 우리^{cage} 앞에 앉아 관람하는 사람들도 있었다. 밤까지 연장 개장도 했다. 야간의 횃불은 효과를 더욱 증폭시켰다. 날씨가 좋으면 어린이들을 위해 우리를 야외로 옮겼다. 어른들에게 단식 예술가는 유행하는 볼거리, 혹은 단순한 농담에 불과했다. 하지만 아이들은 서로를 안심시키듯 손을 꼭 잡고 입을 다물지 못하며 놀라워했다. 스타킹처럼 몸에 꼭 끼는 검은색 옷을 입은 단식 예술가는 안락의자가 있는데도 지푸라기가 엉성한 바닥에 앉아 있었다. 갈비뼈는 툭 튀어나왔고 안색은 창백했다. 그는 가끔 예의 바르게 고개를 끄덕여 주거나 억지웃음을 지으며 질문에 대답했다. 관객들이 더 잘 볼 수 있게 창살 밖으로 앙상한 팔을 내밀어 주기도 했다. 그러다 스스로에게 완전히 몰입하기도 했다. 그럴 때는 어떤 중요한 일에도 전혀 관심을 보이지 않았다. 유일한 장식인 괘종시계에서 울리는 종소리도 들리지 않는 것 같았다. 멍하게 그저 앞만 응시하며 입술을 적셔줄 작은 물잔을 간간이 홀짝일 뿐이었다.

교대로 밀려드는 구경꾼 외에 관중들이 뽑은 상주 감시자도 있었다. 신기하게도 그들은 모두 도살업자였다. 혹시나 몰래 먹는 일이 없도록 세 명이 동시에 밤낮으로 감시했다. 사람들을 안심시키기 위한 형식적인 조치였다. 그가 단식 기간 내내 어떤 상황에도, 심지어 폭력적인 강압이 있다고 해도, 티끌만큼의 음식에 전혀 입을 대지 않는다는 것을 알 만한 사람들은 다 알고 있었다. 예술가로서의 명예가 그런 짓을 용납하지 않았다. 감시자들이 그 사실을 이해 못 하는 것은 당연했다. 가끔 소홀한 야간 감시자들도 있었다. 그들은 일부러 멀리 떨어진 구석에 앉아 카드놀이에만 열중했다. 단식 예술가가 어디 먹을 것을 숨겨뒀다고 당연히 생각했기 때문에 간단한 다과라도 먹도록 해주기 위해서였다. 이런 감시인들보다 더 그를 비참하게 내몬 것은 없었다. 그들이야말로 단식을 끔찍하고 고통스럽게 만드는 장본인이었다.

그럴 때 그는 계속해서 노래를 불렀다. 그가 단식을 계속하고 있다는 것을 알리기 위해서였다. 몰래 숨겨놓고 먹을 거라는 그들의 생각이 얼마나 부당한지 보여주기 위해서이기도 했다. 하지만 소용없는 짓이었다. 그들은 노래를 부르면서 먹다니 대단한 재주라며 놀랄 뿐이었다. 차라리 철창에 바짝 붙어 앉아서 우리 안의 불빛으로는 성에 안 찬다는 듯이 손전등을 비추고 있는 감시자가 훨씬 나았다. 눈부신 빛 때문에 한숨도 잘 수 없었지만 조금도 싫지 않았다. 거대한 인파에도, 관중들의 소음에도, 언제 어떤 빛을 비추든지 그는 멍하게 졸 수 있었기 때문이다. 단식 예술가는 감시자를 위해 행복하게 밤새 감시당할 준비가 돼 있었다. 그들과 농담하고, 자신이 떠돌이 생활에서 겪은 이야기를 들려주고, 또 그들의 이야기를 듣는 게 즐거웠다. 어떻게든 감시자들을 계속 깨워 두면 자신이 밤새 아무것도 먹지 않는다는 것을 확실히 보여줄 수 있기 때문이었다. 그 누구도 흉내 내지 못할 수준으로 단식하고 있다는 것을 말이다.

그럼에도 그가 가장 행복한 순간은 감시자들에게 풍성한 아침을 자신의 비용으로 대접할 때였다. 밤샘 근무를 마친 건장한 사내들이 건강한 남성성을 과시하며, 사냥한 먹잇감을 덮치듯 음식에 달려드는 광경을 지켜보는 것은 그에게 큰 기쁨이었다. 물론 아침식사로 감시자를 매수하는 것은 아닌지 의심하는 사람들도 있었다. 말도 안 되는 의심이었다. 그렇다고 단식 예술가의 호의를 거절하고, 본인들의 돈으로 아침식사를 하겠느냐고 물으면 인상을 찌푸렸다. 그러면서도 의심의 눈초리를 거두지는 않았다.

단식하는 그의 모습을 부분적으로 보기 때문에 사람들의 의심은 불가피했다. 단 한 번의 중단도 없는 무흠결의 단식이라는 것을 아무도 알 수 없었다. 밤낮을 쉬지 않고 단식 예술가 옆에서 전체 단식을 처음부터 끝까지 다 지켜볼 수 있는 사람이 없었기 때문이다. 오직 단식 예술가 본인만 알 수 있었고, 완전한 그의 단식을 지켜볼 수 있는 사람도 단 한 사람, 자신 뿐이었다. 하지만 그가 만족하지 못하는 이유는 다른 곳에 있었다. 그는 많은 사람들이 가여워서 차마 볼 수 없다고 할 만큼 과도하게 말랐는데, 그토록 뼈만 앙상하게 남은 이유는 단식이 아니라 불만족 때문이었다. 단식을 처음 해보는 사람은 모르겠지만, 적어도 그는 단식이 쉬운 일이라는 것을 알고 있었다. 세상에서 가장 쉬웠다. 이 사실을 털어놨지만 아무도 믿지 않았다. 겸손하다고 생각해 주면 그나마 다행이었다. 대부분은 대중의 관심을 받으려는 욕구가 과도한 사람으로 보거나, 대단한 사기꾼 취급을 했다. 그렇게 쉽다면 어쨌든 쉽게 만드는 방도가 있을 텐데, 그걸 또 뻔뻔하게 말하다니 얼굴도 두껍다는 식이었다. 그는 이 모든 것들을 받아들여야만 했다. 시간이 지나면서 적응이 되기도 했지만, 이런 불만들은 언제나 그의 마음을 갉아먹고 있었다. 그럼에도 자랑스럽게 말할 수 있는 사실이 하나 있었다. 바로 단식 기간이 다 끝났다 해도 단 한 번도 자발적으로 우리 밖으로 나간 적이 없었다는 것이다.

이 관람을 총괄하는 단장은 단식 기간을 최장 40일로 못 박았다. 아무리 세계적인 큰 도시에서 열리는 대단한 공연이라도 그 기간을 절대 초과하지 못하게 했다. 물론 그럴 만한 충분한 이유가 있었다. 광고 효과가 점점 퍼지면서 한 도시에서 관심을 최대로 유지할 수 있는 광고 효과가 40일이라는 것을 경험으로 알게 됐기 때문이었다. 그 이후부터는 사람들이 이탈했다. 현격히 관객의 관심이 시들해졌다. 물론 도시마다 다르고, 나라마다 조금씩 차이가 있기는 해도, 최장 40일은 나름 유효한 법칙이었다.

그렇게 40일째가 되는 날이면, 꽃으로 장식된 우리 문이 열렸다. 원형극장에는 열광적인 관중으로 가득 차고, 군악대의 연주가 울렸다. 두 명의 의사가 우리 안에 들어가 필수적인 검사를 한 후, 메가폰으로 결과를 발표했다. 추첨으로 뽑힌 행운의 젊은 여성 둘이 기쁘게 단식 예술가를 우리 밖으로 부축하는 장면이 피날레를 장식했다. 두 계단을 걸어 내려오면 작은 테이블이 있고, 그 위에 잘 준비된 환자식이 마련돼 있었다. 언제나 이 순간이 오면 단식 예술가는 완강하게 저항했다. 그를 부축하기 위해 뽑힌 두 여자의 손에 자신의 마른 팔을 기대고 있었지만, 일어서고 싶지 않았다. 왜 40일이 지나면 멈추는 것일까. 훨씬 더 오래, 무제한으로도 단식을 할 수 있을 것 같았다. 왜 하필 이때, 컨디션이 최고인 지금 멈춰야 하는 것인가…. 단식으로 최상의 단계에 이른 것도 아니었다. 왜 사람들은 더 오래 단식을 못 하게 막아 그를 역사상 최고의 단식 예술가가 될 수 없게 하는 것일까. 그는 이미 전대미문 최고의 단식 예술가라지만, 어찌 됐든 그의 단식은 아직 한계에 이르지는 않았다. 왜 자신을 뛰어넘어 상상할 수 없는 곳까지 오르는 영광을 누리지 못하게 하는 걸까. 군중들은 그를 열광적으로 칭송하는 것처럼 행동하면서, 왜 그를 위한 적은 인내심조차 없는 걸까. 더 오래 단식하는 것을 왜 참지 못하는 것일까. 힘들기는 해도 그는 철창 속 지푸라기 위에 앉아 있는 것이 좋았다. 이제 몸을 똑바로 세우고, 상상만 해도 벌써 토할 것 같은 저 음식을 먹기 위해 걸어야 한다. 두 여성을 배려하기 위해 아무런 내색도 하지 않고 애써 참았다. 고개를 들어 겉보기엔 친절하지만, 속은 잔인한 그녀들의 눈을 보았다. 그리고 가냘픈 목에 달려 있기에는 과하게 무거워 보이는 자신의 머리를 내저었다.

그리고 항상 하던 대로 일이 진행되었다.

단장이 나왔다. 음악 소리가 커서 말을 할 수 없었던 그는, 조용히 단식 예술가의 팔을 위로 들어 올렸다. 마치 하늘에 대고 여기 짚 위에 있는 그의 작품인 이 불행한 순교자를 보라는 것처럼 보였다. 단식 예술가는 어쩌면 다른 의미로서의 순교자일 것이다. 단장은 몹시 연약하고 깨지기 쉬운 것을 다루는 것처럼 보이도록, 과장되게 조심하며 단식 예술가의 가느다란 허리를 둘러 잡았다. 그러고는 창백하게 질린 두 여자에게 넘겨주었는데, 이때 남몰래 단식 예술가를 살짝 흔드는 것도 잊지 않았다. 단식 예술가의 다리와 상체는 중심을 잃고 앞뒤로 크게 휘청거렸다. 그는 이 모든 것들을 그저 참고 견뎠다. 그의 머리는 데굴데굴 구르다 알 수 없이 정지한 것처럼 가슴 위에 떨궈졌다. 둥글게 굽은 등 그리고 다리… 관객들이 잘 볼 수 있도록 두 다리를 붙이려 무릎에 안간힘을 써도, 힘없이 땅바닥을 쓸며 질질 끌렸다. 누가 봐도 가벼울 그의 몸은 한 여자에게 완전히 기대고 있었는데, 그 여자는 도움을 요청하듯 숨을 헉헉거렸다. 추첨으로 뽑힌 영광이 이런 것일 줄이라고는 상상도 못 했던 그녀는 단식 예술가와 닿는 면적을 최소화하기 위해 목을 있는 힘껏 밖으로 빼고 있었다. 그녀의 동료는 벌벌 떨면서 뼈 뭉치 같은 단식 예술가의 손만 잡고 있을 뿐이었다. 더 이상 참지 못한 그녀는 관객들의 밝고 경쾌한 웃음 앞에 울음을 터뜨렸고, 대기하던 수행원과 교대해야 했다. 마침내 음식을 먹을 시간이었다. 단장은 실신한 것처럼 절반은 정신이 나가 있는 단식 예술가의 입안에 음식을 조금 흘려 넣었다. 분위기를 올리기 위한 말을 계속했는데, 단식 예술가의 몸 상태에 대한 관심을 다른 곳으로 돌리기 위해서였다. 다음은 축배를 들 순서였다. 단장은 단식 예술가가 속삭였다는 건배사를 관객들에게 제안했다. 오케스트라가 팡파르를 크게 연주하며 모든 행사를 공식적으로 승인했다. 사람들은 흩어졌다. 이 행사에 불만을 품을 자격이 있는 사람은 단식 예술가를 제외하곤 누구도 없었다. 언제나 그만이 만족하지 못했다.

그는 정기적인 짧은 휴가 기간을 제외하고 몇 년을 이렇게 보냈다. 겉보기에는 온 세상의 찬사와 주목을 받는 위치였지만 언제나 우울했다. 그를 진지하게 이해하는 사람이 없었기 때문에 그의 우울은 시간이 지날수록 더 심해졌다. 그는 어떻게 위안을 얻어야 했을까. 그에게 해 줄 수 있는 일이 뭐가 남아 있었을까. 만약 그를 가엾게 생각하는 착한 사람이 찾아와 그의 슬픔이 단식 때문일 것이라고 설명하려 들 때면, 그는 폭발적인 분노를 표출하며 짐승처럼 창살을 흔들어 주변 모두를 겁에 질리게 만들기도 했다. 이런 상황이 벌어지면 단장이 즐겨 사용하는 방식의 형벌이 있었다. 단장은 사람들을 모은 뒤, 이 일은 순전히 극심한 그의 단식 때문에 생긴 과민성임을 인정하며 사과하곤 했다. 배부른 사람도, 잘은 모르겠지만 단식하면 발생하는 당연한 일이라는 것이었다. 장황한 설명 없이도 단식 예술가의 성마른 행동을 용서할 수 있는 변명이었다.

    저 사람은 왜 저럴까?

더 나아가 단장은 이해할 수 없는 말을 하나 더 언급하고는 했는데, 바로 단식 예술가가 지금보다 훨씬 더 오랫동안 단식을 할 수 있다는 주장이었다. 한 치의 의심 없이 고귀한 굶주림을 찬양하고, 그의 선한 의지와 스스로 억제하는 위대한 인내심을 칭송했다. 하지만 곧바로 그곳에서 판매하는 단식 예술가의 사진을 보여주며 정반대의 주장을 하기 시작했다. 단식 40일째 되는 날 침대 위에서 찍힌 아사 직전의 사진이었다. 단식 예술가는 이런 방식으로 진실을 왜곡하는 것에 익숙했지만, 이건 너무 심하다고 생각했다. 그의 신경은 다시 날카로워졌다. 사람들은 그 사진을 보고 그것이 단식을 오래 한 탓이라고 믿었지만, 사실 그것은 단식을 너무 일찍 끝냈기 때문에 생긴 결과였다. 이런 방식의 오해와 무지에 맞서 싸우는 것은 불가능했다. 최대한 창살 가까이에 다가가 늘 긍정적인 희망과 믿음으로 단장의 말을 열망하며 들었지만, 일단 그 사진이 뿌려지면 그는 매번 힘없이 무너졌다. 한숨을 쉬며 지푸라기 위에 주저앉았다. 그러면 안심한 관중들은 다시 우리 앞으로 바짝 다가가 그를 구경했다.

몇 년이 지나, 당시를 돌이켜보면 이해할 수 없는 지점이 있을 것이다. 맨 처음 언급한 그 변화가 갑자기 발생했기 때문이다. 심오한 이유가 있었는지도 모르지만 누가 애써 그 이유를 찾아내려 하겠는가. 어쨌든 애지중지 여겨지던 단식 예술가는 하루아침에 관객들로부터 외면당했다. 사람들은 금세 새로운 즐거움을 쫓았고, 다른 흥밋거리들이 유행했다. 단장은 혹시나 예전 관심이 다시 살아나는 곳이 있지는 않을까 하는 생각에, 단식 예술가를 데리고 한 번 더 유럽의 절반을 찾아다녔다. 헛수고였다. 마치 모두가 단식 관람에 반대하자고 비밀 협정이라도 맺은 것 같았다. 물론 이런 일이 단번에 일어날 수는 없을 것이다. 그때는 성공에 도취해 충분한 주의를 기울이지 못했지만, 생각해 보니 크고 작은 징후들이 있었다. 하지만 이제 와서 돌이키기엔 너무 늦었다. 미래에 언젠가 단식이 다시 유행한다는 분명한 확신이 있다고 해도, 지금은 아무 위로가 되지 않았다. 단식 예술가는 이제 뭘 할 수 있을 것인가. 수천 명의 관객들에게 환호를 받던 그가 작은 동네잔치의 가설 부스에서 단식 공연을 할 수는 없는 노릇이었다. 다른 일을 하기에는 너무 늙었을 뿐 아니라 무엇보다 그는 단식에만 열광적으로 몰두해 있는 사람이었다. 인생에 둘도 없는 동료였던 단장에게 작별을 고하고 그는 대형 서커스단에 입단했다. 자신의 감정이 다치지 않도록 계약서 조항 따위는 거들떠보지도 않았다.

대형 서커스단은 수많은 인력, 동물, 기이한 재주꾼들이 언제든 그만두고 또 새롭게 보충되기 때문에 누구든 채용할 수 있었다. 더군다나 단식 예술가는 요구 사항이 거의 없었다. 오랫동안 단식 예술가로 유명했던 그의 명성도 한몫했다.

정점을 지나 쇠락한 예술가가 서커스에서 조용한 한직閑職이나 누리러 갔다고 하는 사람은 아무도 없을 것이다. 나이를 먹었다고 단식이라는 그의 독특한 기예가 감소하는 것은 아니기 때문이다. 그는 예전과 다름없이 단식할 수 있다고 단언했고 확실히 믿을 만했다. 심지어 그는 원하는 대로만 해준다면 최초로 세상을 깜짝 놀라게 해주겠다고 단도직입적으로 약속했다. 열정 넘치는 이 단식 예술가는 이미 잊어버린 것 같지만, 바

꾄 세상 분위기를 잘 아는 전문가들은 실소를 금치 못
했다.

단식 예술가는 세상 돌아가는 상황에 아주 어두운
사람이 아니었다. 서커스 중심에 있는 최고 인기 쇼로
자신을 배치하지 않으리라는 것은 그도 분명히 알고 있
었다. 바깥쪽 동물원 옆, 붐비는 길목에 자리가 정해졌
다. 철창을 두른 크고 환한 간판이 단식 예술가의 관람
에 대해 알려주었다. 메인 공연의 인터미션에 관중들이
동물원으로 몰려갈 때, 잠시 멈춰 길목에 있는 단식 예
술가를 볼 수 있도록 한 것이다.

뒤에서 한 무리가 비좁은 길을 빠져나가려고 앞사람
을 밀었다. 동물원으로 곧장 안 가고 멈춰 서는 이유를
이해하지 못하는 사람들이었다. 그들만 아니라면 어쩌
면 단식 예술가를 오래 관람하는 사람들이 있을지도 모
르겠다. 하지만 지금은 오랫동안 평화롭게 구경하는 것
이 불가능했다. 단식 예술가에게 관람객의 방문은 삶의
가장 중요한 목적이자 당연한 갈망이었다. 하지만 이제
는 방문 시간이 다가오면 두려움(혹은 중압감)에 몸이 떨

리기까지 했다. 처음엔 그도 인터미션까지 기다리기조차 힘들었다. 관중들이 쏟아지는 시간을 기쁨으로 고대했기 때문이다. 하지만 대부분의 사람들은 동물원을 보고 싶어 할 뿐이라는 것을 너무 빨리 깨닫고 말았다. 그는 대단히 고집스러운 자기기만을 가진 사람이었지만, 그런 의식적인 자기 환상도 소용이 없었다. 이제 그는 사람들이 멀리 떨어져 조용히 자신을 보던 순간을 가장 아름다운 순간으로 기억하고 있다. 왜냐하면 사람들이 그를 보기 위해 가까이 다가오기라도 하면, 곧바로 귀청이 찢어질 것 같은 고함이 들렸기 때문이다. 끝없이 늘어나는 인파 어디선가에서 나는 소리였다. 인파는 두 부류로 나뉘었다. 단식 예술가를 이해하지 않고 그저 가벼운 기분으로, 아니면 단순한 반발심으로 보고 싶은 사람들이 첫 번째 부류였다. 이런 사실은 오히려 단식 예술가에게 더한 고통이 되었다. 다른 부류는 그저 동물원으로 곧바로 직진하고 싶은 사람들이었다.

큰 무리의 사람들이 지나고, 뒤늦게 오는 사람들이 있었다. 그들은 원한다면 얼마든지 단식 예술가를 오래 관람할 수 있었다. 하지만 제시간에 동물원에 도착하기 위해, 옆으로는 거의 눈길도 주지 않고 지나갔다.

아주 희귀한 행운도 한 번 있었다. 아버지가 아이들을 데리고 와서 손가락으로 그를 가리키며 단식 예술가가 무엇을 하는지 설명한 일이었다. 지금과 비교할 수 없이 훌륭했던 예전 공연 이야기도 했다. 학교 교육을 받고 있지만 아직 인생 경험이 불충분한 아이들은 이해하지 못하고 서 있었다.

아이들에게 단식이 무슨 의미가 있겠는가. 하지만 탐구심에 반짝거리는 그들의 눈빛은 앞으로 새롭고, 더 너그럽고, 사려 깊은 미래가 올 것임을 보여주었다. 그는 가끔 자신의 위치가 동물원과 너무 가깝지만 않았어도, 어쩌면 모든 게 조금 더 나았을 거라는 생각을 했다. 그랬다면 진짜 그를 보려는 사람들만 찾아왔을 것이다. 그랬다면 외양간이나 마구간 냄새, 밤중에 들리는 동물들의 소동, 우리 앞에서 끌고 나르는 육식동물용 날고기들, 먹이를 향해 으르렁거리는 소리 같은, 그를 너무 화나게 하고 끝없는 우울로 몰아넣는 것들이 없었을 것이다. 하지만 그는 감히 감독관에게 청원할 생각조차 하지 못했다. 어쨌든 동물들 덕에 많은 방문객이 오는 것이고, 그중에 어쩌다 그를 보는 사람도 있을 것임에 감사했다. 만약 그가 자신의 존재를 내세우기라도 하다가, 냉정하게 말해서 동물원으로 가는 길에 있는 방해물에 불과하다는 사실이 알려지면 그를 치워버릴지도 모르는 일이었다.

어쨌든 그는 작은 방해물, 점점 더 작아지고 있는 방해물이었다. 사람들은 이제 단식 예술가에 주목하는 특이한 관념에 익숙해졌다. 단식 예술가에 대한 판단도 이미 습관이 된 인식에 불과했다. 그는 할 수 있는 한 계속 단식을 하고 싶어 했고, 그렇게 했다. 하지만 더 이상 그를 도울 방법은 없었다. 사람들은 곧장 그를 지나쳐 갔다. 사람들에게 단식의 기술에 대해 설명해 본다고 가정해보자. 그 사람이 단식을 '느끼지' 못한다면, 단식 예술가는 절대 그를 이해시킬 수 없을 것이다. 아름답던 간판은 더러워졌고, 읽을 수도 없을 지경이 됐다. 누군가 그것을 뜯어냈지만 아무도 보완할 생각을 하지 않았다. 단식 일수가 적힌 팻말도 마찬가지였다. 처음엔 매일매일 세심하게 날짜가 바뀌었지만, 이제는 계속 같은 날짜로 방치된 지 오래되었다. 처음 몇 주가 지나자,

근무자는 이 사소한 일도 귀찮아졌기 때문이었다. 단식 예술가는 한때 그가 꿈꾸던 희망대로 단식을 계속 이어 나갔다. 그때도 이미 예상했지만 꾸준하게 단식하는 것은 전혀 어렵지 않았다. 하지만 아무도 날짜를 세지 않았다. 단식 예술가도 날짜를 세지 않았기 때문에 얼마나 큰 성과를 내고 있는지 알 수 없었다. 그의 마음은 점점 무거워졌다. 가끔 한가로이 그곳을 지나치던 사람이 그 앞에 멈춰서 오래된 숫자를 비웃으며 사기꾼 취급을 했다. 무관심과 타고난 악의가 지어낸 더없이 어리석은 거짓말이었다. 단식 예술가는 속이는 짓 같은 것은 하지 않았다. 정직하게 일했으나 세상이 그에 대한 보상을 속이고 있었을 뿐이었다.

그렇게 많은 날이 더 지나 어느덧 마지막에 달했다.

마침내 한 감독관이 단식 예술가의 우리에 관심을 보였다. 그는 직원에게 왜 이렇게 쓸모 있어 보이는 우리에 썩은 지푸라기나 뿌려 놓고 방치하고 있느냐고 물었다. 한 사람이 단식 기간을 표시하던 팻말을 보고 단식 예술가를 기억해 내기 전까지는 아무도 대답을 못했다. 직원들은 긴 막대기로 지푸라기를 휘젓다가 그 속에 파묻힌 단식 예술가를 발견했다.

"아직도 단식하고 있나?" 감독관이 물었다.

"도대체 언제 단식을 끝낼 건가?"

"저를 용서하세요, 모두들." 단식 예술가는 아주 작은 소리로 말했다.

귀를 우리 창살에 가까이 대고 있던 감독관만 그 말을 알아들었다.

"물론이지."

감독관은 다른 사람들에게 단식 예술가의 상태를 알려주기 위해 손가락으로 자신의 이마를 두들기며 말했다.

"자네를 용서하고말고."

"항상 당신들이 제 단식에 감탄하기를 원했어요." 단식 예술가는 말했다.

"자네 단식에 우리는 진심으로 감탄했었네" 감독관은 의무적으로 말했다.

"하지만 감탄하지 않는 게 좋을 겁니다." 단식 예술가가 말했다.

"뭐, 그렇다면, 감탄하지 않겠네." 감독관이 말했다.

"그런데 왜 감탄하지 말라는 건가?"

"저는 단식을 해야만 했으니까요. 안 할 수가 없었습니다." 단식 예술가는 말했다.

"허, 이놈 봐라?" 감독관이 말했다.

"왜 단식을 안 할 수가 없다는 건가?"

"왜냐하면"

단식 예술가는 아주 살짝 고개를 들고, 키스를 하듯 입술을 내밀며 최대한 또박또박하게 감독관의 귀에 바짝 대고 말했다.

"왜냐하면 제 입에 맞는 음식을 못 찾았기 때문입니다. 만약 그런 음식이 있었다면, 사람들의 이목을 끌려고도 안 했을 것이고, 다른 사람들처럼 저도 만족스럽게 배불리 먹었을 겁니다."

이것이 그의 마지막 말이었다. 자신감은 사라졌으나, 그래도 단식을 계속하리라는 강한 신념이 쇠약해진 그의 눈에 가득 차 있었다.

"됐어. 이제 처리해 버려." 감독관이 지시했다.

직원들은 지푸라기와 함께 단식 예술가를 파묻어 버렸다. 그리고 그 우리에는 표범 한 마리가 들어왔다. 오랫동안 황량했던 우리 안에 이 야수가 날뛰는 모습은, 제아무리 무딘 사람이라도 분명하게 느낄 수 있는 신선한 기분 전환이었다. 표범에게 부족한 것은 아무것도 없었다. 간수들은 길게 고민하지 않고 녀석이 좋아하는 먹이를 가져다주었다. 표범은 정글의 자유를 그리워하는 것 같지도 않았다. 터질 듯 팽팽한 몸 안에 필요한 모든 것을 갖춘 이 고결한 동물은, 자유마저 그 이빨 어딘가에 박혀 있는 것처럼 보였다. 게다가 녀석의 목구멍에서는 삶의 기쁨이 너무나 강렬한 열기로 뿜어져 나와, 관람객들은 그 기세를 견뎌내기가 쉽지 않을 정도였다. 그런데도 사람들은 애써 마음을 다잡으며 우리 주위로 몰려들었고, 결코 그곳을 떠나려 하지 않았다.

The Minister's Black Veil

검은 베일을 쓴 목사

"우리가 모두 우리의 베일을 벗는 날이 오면…."

밀포드 예배당 입구에서 교회지기가 종과 연결된 줄을
바쁘게 끌어당겼다. 길을 따라 마을의 노인들이 구부정
하게 들어오고 있었다. 환한 얼굴의 아이들은 부모를
따라 신나게 걸어오거나, 일요일에 특별히 차려입은 복
장을 의식해 점잖은 걸음걸이를 흉내 내고 있었다. 깔
끔하게 단장한 총각들은 예쁜 처녀들을 곁눈질하며 안
식일의 햇살이 그녀들을 더 아름답게 하는 것 같다고
생각했다. 예배당 안으로 몰려오던 인파가 잦아들 즈
음, 교회지기는 후퍼 목사가 들어올 문을 바라보며 종
을 치기 시작했다. 목사의 모습이 보이자 바로 종소리
를 멈췄다.

"아니, 우리 후퍼 목사님이 얼굴에 뭘 쓰신 거지?"

교회지기가 놀라서 큰 소리로 말했다.

그 소리에 다들 고개를 돌려, 묵상하듯 천천히 예배당으로 걸어 들어오는 후퍼 목사를 보았다. 낯선 목사가 설교 강단의 먼지나 털어 주려고 걸어오고 있다고 해도 모두가 이렇게까지 일제히 놀라지는 않았을 것이다.

"저분 우리 목사님 확실한가요?" 굿맨 그레이가 교회지기에게 물었다.

"물론이죠. 우리 좋으신 목사님이 맞아요." 교회지기가 대답했다.

"목사님께서는 원래 웨스트버리의 슈트 목사님이랑 강단을 바꿔서 설교하시려고 했는데, 그쪽 목사님께서 장례 설교가 잡혀 미안하다며 어제 취소하셨거든요."

사람들이 매우 놀라기는 했지만, 어쩌면 사소하다고 볼 수도 있을 것이다. 서른 살 남짓 된 신사인 후퍼 목사는 아직 독신이었지만, 세심한 아내가 의복을 꺼내 한 주 동안 묵은 먼지를 털고 풀 먹여 다려 입힌 것처럼 목사답고 깔끔한 차림이었다. 눈에 띄는 것은 이마를 감싸고 있는 검은 베일이 얼굴 위로 드리워져 그의 숨결에 흔들리고 있었다는 것뿐이었다. 가까이에서 보면 두

겹의 얇고 검은 천으로, 입과 턱을 제외한 얼굴 전체를 완전히 가리고 있었다. 시야가 완전히 차단되지는 않겠지만, 생명이 있는 것이든 없는 것이든 베일을 쓴 그의 눈에는 모든 것이 어둡게 보일 것이다. 이 암울한 가림막을 쓴 후퍼 목사는 차분한 속도로 걸어오고 있었다. 살짝 몸을 수그리고 정신이 딴 데 팔린 사람처럼 고개를 숙인 채 바닥을 보면서도, 예배당 계단에서 자신을 기다리던 신도들에게 다정하게 목례하는 것을 잊지 않았다. 하지만 그들은 너무 놀라 제대로 답례조차 하지 못했다.

"저 장막 뒤 후퍼 목사님의 얼굴이 전혀 느껴지지 않아요." 교회지기가 말했다.

"나는 저거 마음에 안 드네." 노파가 절뚝거리며 예배당으로 들어가면서 중얼거렸다.

"아주 흉측하게 돼 버렸군. 얼굴을 가린 것뿐인데 말이야."

"우리 목사가 미쳐 버렸다네!" 굿맨 그레이가 뒤따라오며 소리쳤다.

후퍼 목사가 예배당에 들어오기 전부터, 이해 못 할 기괴한 상황에 대한 루머로 신도들이 이미 술렁거리던 중이었다. 문 쪽을 힐끔거리지 않은 사람이 거의 없었고, 대놓고 똑바로 서서 문 쪽을 보는 사람들도 많았다. 어린아이들은 의자 위로 기어 올라갔다가 끔찍한 소리를 내며 놀라서 내려왔다. 여인들의 옷자락이 스치는 소리와 남자들의 발소리로 소란스러웠는데, 이는 평소 예배당에 입장할 때의 차분하고 엄숙한 분위기와는 거리가 멀었다. 후퍼 목사는 사람들이 동요하는 것을 눈치채지 못하는 것 같았다. 그는 아주 조용히 들어와 통로 양쪽 좌석을 향해 부드럽게 고개를 숙였고, 팔걸이 의자에 앉은 백발의 노인 앞을 지나갈 때도 고개 숙여 인사했다. 이 존경받는 노인은 이상할 정도로 너무 늦게, 후퍼 목사가 계단을 올라 검은 장막을 쓰고 신도들을 마주할 때가 돼서야, 목사의 외모가 좀 특이하다는 것을 알아차렸다. 이 신비로운 상징물은 단 한 순간도 벗겨지지 않았다. 찬송가를 부르면 숨결에 흔들렸고, 성경을 읽을 때는 그와 성스러운 말씀 사이를 가로막았다. 고개를 들어 올리고 기도할 때도 그의 얼굴에 무겁게 덮여 있었다. 두려운 존재를 향해 기도를 드리면서도 자기 자신은 숨기려는 의도였을까….

그저 천 조각에 불과한 이 베일이 불러일으킨 엄청

난 반향으로 예민한 여자들은 더 이상 예배당에 앉아 있을 수조차 없었다. 신도들이 검은 베일을 두려워한 만큼, 어쩌면 목사에게는 그들의 하얗게 질린 얼굴이 두려움으로 다가왔던 것 같다.

후퍼 목사는 훌륭한 설교자로 알려져 있었지만, 열정적인 설교자는 아니었다. 천둥 같은 설교로 신도들을 천국으로 몰고 가기보다는 온화하면서도 설득력 있는 감화로 그들을 천국을 향해 이끌고자 애썼다. 지금도 평소 그의 설교와 전혀 다르지 않았다. 하지만 설교 자체의 감동 때문인지 아니면 듣는 사람들의 상상 때문이었는지 오늘은 지금껏 목사의 입술을 통해 전달된 그 어떤 설교보다 가장 강력한 효과를 내는 어떤 것이 있었다. 이번 설교는 후퍼 목사의 부드러운 우울함이 평소보다 더 짙게 배어 있었다. 설교의 주제는 우리가 품고 있는 '은밀한 죄악'이었다. 이는 가장 가깝고 사랑하는 사람에게도 숨기려 하는, 전지전능한 신은 다 알고 있음에도 개의치 않고, 양심도 모르게 감춰버린 은밀한 죄악과 슬픈 비밀이었다. 그의 언어에는 미묘한 힘이 담겨 있었다. 가장 순수한 소녀부터 가장 딱딱한 마음을 가진 남자까지 신도들은 모두 목사가 그 검은 장막을 쓰고 슬그머니 다가와 자신들의 감춰진 죄악을 들춰내는 것 같은 느낌이 들었다. 많은 이들이 꽉 쥔 두 손을 펴 가슴 위에 포개 얹었다. 후퍼 목사의 말은 전혀 무섭지 않았다. 그뿐 아니라 폭력의 기미조차 없었음에도 음울한 그의 목소리가 떨릴 때마다 청중들도 몸을 떨었다. 애절한 슬픔과 경외감이 저절로 밀려들었다. 신도들은 비록 몸짓과 목소리는 후퍼 목사가 분명하지만, 평소의 그와 너무 달랐기 때문에 베일 뒤에 낯선 얼굴이 있을 거라고 믿었다. 그들은 바람이라도 불어 저 장막이 벗겨지기를 바랐다.

예배가 끝나자, 사람들은 상스럽게 소란을 떨며 서둘러 밖으로 나갔다. 억눌렸던 놀라움에 대해 떠들고 싶어 입이 간질거렸고, 검은 베일 때문에 무거워진 마음을 덜고 싶어서였다. 몇몇은 둥글게 모여 그 안에서 자기들끼리 쑥덕거렸고, 조용히 묵상에 잠겨 혼자 집으로 가는 사람들도 있었다. 어떤 이들은 허세 가득한 웃음을 지으며 큰 소리로 안식일을 모독하기도 했다. 일부는 그 신비를 이미 다 꿰뚫고 있다는 듯이 현명한 척 고개를 가로저었고, 한두 사람은 후퍼 목사가 밤늦게까지 독서하다 시력이 약해져 햇빛을 차단하는 것일 뿐

신비 따위는 하나도 없다고 단언했다. 그들의 뒤를 따라 잠시 후 검은 장막을 쓴 후퍼 목사가 나왔고, 신도들의 무리에 얼굴을 돌려가며 인사했다. 백발의 신도에게는 정중하게 경의를 표하고, 중년들에게는 친구이자 영적 지도자로서 온화한 존경을 담아 인사했으며, 젊은이들에게는 권위와 사랑이 섞인 인사를 건넸다. 아이들에게는 머리에 손을 얹고 그들을 축복했다. 안식일에 늘 그가 해오던 일상적인 인사였지만, 사람들은 낯설고 당황스러운 표정으로 답례할 뿐이었다. 예전처럼 목사 옆을 함께 걷는 영광을 바라는 사람은 아무도 없었다. 후퍼 목사는 이곳에 부임 받은 날부터 일요일마다 이 지역 지주 어른인 손더스 집에서 식사하며 축복 기도를 했다. 손더스 영감은, 말하자면 깜박 잊기라도 한 듯이, 후퍼 목사를 식사에 초대하지 않은 채 지나쳐 버렸다. 목사는 사제관으로 돌아와 문을 닫으려고 몸을 돌리다가, 그곳에 있던 모든 사람들이 자신을 주시하고 있다는 것을 알았다. 검은 베일 아래 희미하게 어른거리며 입가에 번지는 그의 씁쓸한 미소가 그가 사라질 때까지 잔상처럼 남아 있었다.

"참 이상도 하지요." 한 여인이 말했다.

"여자들이 보닛 모자에나 걸칠 법한 까만 레이스를 목사님이 하면 저렇게 끔찍할 수가 있다니요."

"후퍼 목사님 뇌에 이상이 생긴 게 분명해." 마을 의사인 그녀의 남편이 말했다.

"하지만 가장 이상한 점은 저 베일이 나같이 멀쩡한 사람한테까지 영향을 미친다는 것이지. 검은 베일로 얼굴만 가리고 있는데도 몸 전체에 영향을 끼치지 않나. 목사의 머리끝에서 발끝까지 귀신처럼 무시무시하게 보이게 한단 말이지. 당신도 그렇게 느끼지 않소?"

"정말 그렇네요." 아내가 대답했다.

"무슨 일이 있어도 목사님과 단둘이 있고 싶지 않아요. 목사님도 혼자 있으면 무섭지 않을까 모르겠네요."

"남자들은 가끔 그럴 때가 있지." 남편이 대답했다.

오후 예배도 상황은 비슷했다. 예배가 끝나고 젊은 여인의 장례식을 알리는 종이 울렸다. 유족과 친구들은 집 안으로 모였고, 고인과 아주 가깝지는 않았던 지인들은 문밖에 모여 그녀의 미덕에 관해 이야기를 나누고 있었다. 검은 베일을 쓴 후퍼 씨가 나타나자 대화가 중단되었다. 장례식에서 목사의 베일은 매우 적절한 상징이 되어주었다. 목사는 시신이 안치된 방으로 들어가 마지막 인사를 하기 위해 관 위로 몸을 숙였다. 그가 몸을 숙이자 이마의 장막이 아래로 늘어뜨려졌다. 고인이 눈꺼풀을 닫고 있지 않다면 목사의 얼굴을 볼 수 있을 것 같았다. 고인이 자신을 볼지 두려워 그는 베일을 급하게 되돌려 쓴 것일까. 죽은 자와 산 자의 이 대면을 지켜보던 한 사람은 목사의 얼굴이 드러나는 순간, 시신의 얼굴은 죽음의 평온함을 유지하고 있었지만 살짝 몸을 떨었고, 수의와 모슬린 모자에서 버석거리는 소리가 났다고 확신을 가지고 말했다. 이 기이한 장면의 목격자는 미신을 믿는 노파가 유일했다. 후퍼 목사는 관이 놓인 방에서 나왔다. 유족들이 있는 방을 지나 장례 기도를 위해 계단 맨 위로 올라갔다. 슬픔의 기도였지만 천국에 대한 기대로 가득 차 부드럽고 먹먹하게 가슴에 녹아내렸다. 죽은 사람의 손으로 연주하는 천상의 하프 소리가 목사의 슬픔에 복받치는 목소리 사이로 희미하게 들리는 것 같았다. 목사가 자기 자신과 그들, 그리고 세상 모든 사람은 이 죽은 처녀가 그랬듯이 자기 얼굴에서 베일이 벗겨질 그 두려운 순간을 대비해야 한다고 기도하자, 그들은 제대로 이해하지 못하면서도 부들부들 떨었다. 장의사는 무거운 걸음으로 앞장섰고, 조문객들은 그 뒤를 따라 걷는 내내 슬퍼했다. 맨 앞에는 죽은 자가, 맨 뒤에는 검은 베일을 쓴 후퍼 목사가 있었다.

"왜 뒤를 돌아보시는 겁니까?" 장례 행렬 중 한 사람이 옆 사람에게 물었다.

"목사님과 죽은 처녀의 영혼이 손을 잡고 걸어가는 것 같아서요" 그녀는 대답했다.

"저도 그랬어요. 아까 저도 똑같이 그렇게 느꼈어요." 누군가가 말했다.

그날 밤은 밀포드 마을에서 가장 아름다운 커플이 결혼식을 올리기로 되어 있었다. 후퍼 목사는 우울한 사람으로 알려졌지만, 이런 자리에서는 너무 활기찬 기쁨보다는 오히려 그의 차분한 명랑함이 더 따뜻한 미소를 자아내게 하곤 했다. 그의 이런 성품은 그를 사랑받게 만드는 최고의 덕목이었다. 결혼식 하객들은 그를 둘러싼 기이한 두려움이 이번에는 사라졌을 거라고 믿으며 그를 애타게 기다렸다. 결과는 그들의 기대와 달랐다. 후퍼 씨가 도착했을 때 그들의 눈이 가장 먼저 향한 곳은 여전한 그의 끔찍한 베일이었다. 베일은 장례식의 어두운 우울까지 더해져 결혼식을 불길하게 만들었다. 그 기운은 하객들에게 즉각적인 영향을 미쳤는데, 마치 어둠이 검은 베일 아래로 음산하게 빠져나와 촛불 아래에서 일렁거리는 것 같았다. 신랑 신부가 목사 앞에 섰다. 떨고 있는 신랑의 손을 잡은 신부의 손도 차갑게 부들부들 떨고 있었다. 신부가 시체 같은 창백한 얼굴로 속삭이자, 몇 시간 전 묻힌 처녀가 결혼하려고 무덤에서 나온 것 같았다. 이렇게 음울한 결혼식이 또 있다면 결혼식장에서 장례식 종을 울린 것으로 유명한 결혼식 정도일 것이다. 예식을 마친 후, 목사는 와인 잔을 들었다가 입술로 가져가며 가벼운 농담과 함께 신혼부부의 행복을 기원했다. 이 축복의 유머는 따뜻하게 빛나는 난롯불처럼 하객들 입가에 환한 기쁨의 미소를 만들어야 했다. 하지만 그 순간 목사는 와인 잔에 비친 자기 모습을 보고야 말았다. 그는 검은 장막이 모든 사람을 제압함과 동시에 그의 영혼까지 공포로 몰아넣고 있다는 것을 깨달았다. 그의 몸은 떨렸고, 입술은 새하얗게 질렸다. 그는 아직 마시지도 않은 와인을 카펫에 엎지르며 어둠 속으로 급히 달아났다. 온 세상이 검은 베일을 쓰고 있었다.

다음날 밀포드 마을 전체는 후퍼 목사의 검은 베일 이야기뿐이었다. 검은 베일과 그 뒤에 감춰진 비밀은

길에서 만나면 떠드는 이야깃거리였고, 말하기 좋아하는 여자들이 퍼트리는 소문의 원천이었다. 동네 여관 주인이 뜨내기손님에게 알려주는 첫 번째 뉴스였다. 아이들도 등하굣길에 검은 베일에 대해 알지도 못하면서 떠들었다. 남 흉내 내기 좋아하는 어린아이 하나가 낡은 검은 손수건으로 얼굴을 엎어 친구들을 깜짝 놀라게 했는데, 자기가 한 장난에 자신도 공포를 느끼고 정신을 잃을 뻔하기도 했다.

놀라운 것은 주제넘은 참견꾼들이나 마을의 참견쟁이들 누구도 목사에게 대놓고 그 이유를 묻지 않았다는 것이다. 지금까지는 아무리 사소한 일이라도 그에게 조언해 주는 사람들이 많았고, 그도 그런 조언에 귀를 기울였다. 조그마한 실수를 가볍게 지적당했을 때라도, 그는 죄라도 지은 것처럼 지나치게 자신을 검열하며 조심했다. 그의 이런 면을 아주 잘 알고 있는 교인 중 누구도 검은 베일에 대해 친구처럼 말을 건네지 못했다. 검은 베일이 주는 어떤 두려움 때문에 모두들 대놓고 말하지도, 쉬쉬하며 숨기지도 못한 채 서로 책임을 전가하기에 바빴다. 결국 그들은 이 문제가 추문으로 발전하기 전에 교회의 대표단을 보내 목사와 대화하는 것이 필요하다는 결론에 이르렀다. 대표단은 임무를 제대로 수행하지 못했다. 목사는 친절하고 정중하게 그들을 맞이했지만, 자리에 앉자 침묵을 지키며 방문 목적에 대해 대표단이 먼저 이야기를 꺼내도록 했다. 예상했을 너무 자명한 주제였다. 차분한 목사의 입가 위로 검은 장막이 이마를 감싸고 얼굴을 덮고 있었기 때문이다. 목사의 슬픔 어린 미소를 감지했지만, 그들은 검은 장막이 목사와 그들 사이의 두려운 비밀처럼 느껴졌다. 목사의 심장 앞에 검은 베일이 덮여있는 것 같았다. 그 베일만 벗겨진다면 마음 편히 이야기할 수 있을 것 같았지만, 장막이 있는 한 그럴 수 없었다. 보이지 않는 시선으로 자신들을 주시하는 것 같은 목사의 눈길에 움츠러든 그들은 아무 말도 못 하고 혼란스러운 마음으로 한참 동안 자리를 지켰다. 겸연쩍게 돌아선 대표단은 사람들 앞에서 이 문제는 너무 중대해서 교회 총회에서 다룰 일이고 어쩌면 더 큰 교단 회의가 필요할지도 모른다고 보고했다.

그러나 마을에는 유일하게 그 검은 베일을 두려워하지 않는 여인이 한 명 있었다. 대표단이 아무런 해명도 얻지 못하고 심지어 해명을 요구할 용기도 내지 못하

고 돌아오자, 그녀는 후퍼 목사를 점점 더 깊게 둘러싸
고 있는 기이한 어둠을 자신의 타고난 차분함으로 걷어
내겠다고 다짐했다. 후퍼 목사의 약혼자로서 자신은 검
은 베일이 감추고 있는 비밀을 알 권리가 있다고 생각
했다. 목사가 찾아오자 그녀는 단도직입적으로 이 문제
를 꺼냈다. 덕분에 두 사람 모두 수월하게 문제에 접근
할 수 있게 되었다. 그가 자리에 앉자 그녀는 그 검은 베
일을 오랫동안 직시했는데 대중을 압도했다는 끔찍한
어둠은 전혀 느껴지지 않았다. 그저 그가 숨 쉴 때마다
미세하게 흔들리는, 이마에서 입까지 걸려있는 두 겹의
얇은 천일 뿐이었다.

"없어요." 그녀는 소리 내 말하며 미소 지었다.

"이 천 조각은 하나도 무서울 게 없어요. 내가 항상
보고 싶어 하는 당신의 얼굴을 가리고 있다는 거 말고
는요. 어서요, 목사님, 어둠을 벗고 환한 햇살을 비춰주
세요. 일단 검은 장막부터 걷고, 왜 그것을 쓰고 계셨는
지 말해줘요."

후퍼 목사의 희미한 미소가 아련하게 비쳤다.

"때가 되면" 그가 말했다. "우리가 모두 우리의 베일
을 벗는 날이 오면…."

     저 사람은 왜 저럴까?

"나의 다정한 그대여, 부디 나를 원망하지 마시오. 설령 그때까지 내가 계속 이 검은 베일을 쓰고 있다고 해도 말이오."

"수수께끼 같은 말이네요." 젊은 그녀가 답했다.

"신도들 앞에서 베일을 벗어주세요."

"그럴 겁니다." 그가 말했다.

"내 맹세가 그것을 허락하는 때가 되면… 알다시피 이 베일은 상징이고 표식이오. 나는 맹세를 했소. 어둠에서도 빛에서도, 혼자 있을 때나 사람들 앞에 보일 때나, 낯선 사람과 있을 때든 친한 사람과 있을 때든 항상 이것을 쓰고 있겠다고 말이오. 이걸 벗은 모습을 보는 사람은 없을 것이오. 이 음울한 어둠이 세상과 나를 구별시켜야 합니다. 엘리자베스, 당신이라고 해도 베일 안으로 들어올 수는 없소."

"대체 어떤 불행한 일이 있었길래… 어둠이 평생 당신의 눈 앞을 가리고 있어야 하나요?" 그녀가 간절하게 물었다.

"만약 이것이 슬픔을 상징하는 것이라면" 후퍼 목사는 대답했다.

"다른 사람들처럼 나도 검은 장막으로 보이는 어두

운 슬픔을 가지고 있어서일 것이오.”

“하지만 세상이 그것을 순수한 슬픔으로 보지 않는다면요?” 엘리자베스가 다그치며 말했다.

“사랑받고 존경받는 당신 같은 사람이라면, 아마 비밀스러운 죄를 숨기려고 얼굴을 감추고 있는 거라는 소문이 돌 거예요. 당신의 신성한 직책을 위해서라도 이 추문을 없애야 해요.”

이미 마을 전체에 떠도는 소문을 암시하며 그녀는 얼굴을 붉혔다. 하지만 후퍼 목사는 여전히 온화했다. 그리고는 다시 미소까지 지었는데, 언제나처럼 어두운 베일 아래로 희미하게 아른거리는 미소였다.

“내가 슬픔 때문에 얼굴을 가린다면, 충분히 그럴만한 이유가 있기 때문이오.” 그는 단지 이렇게 대답할 뿐이었다.

“그리고, 만약 내가 비밀스런 죄악 때문에 얼굴을 가리고 있는 거라면, 베일을 쓰지 않을 수 있는 사람이 세상에 누가 있겠소?”

그는 온화했지만, 단호한 완강함으로 그녀의 간절한 부탁을 거절했다. 시간이 어느 정도 흐르자 엘리자베스는 말이 없었다. 그녀는 잠시 생각에 잠겨 있는 것 같았다. 아마도 정신적인 문제일 것 같은, 너무 어두운 그의 망상을 떨쳐내기 위해 어떤 새로운 방법을 시도하는 게 좋을지 고민하고 있었을 것이다. 평소 후퍼 목사보다 그녀가 더 단단한 성격이었지만 눈물이 그녀의 뺨 아래로 흘러내렸다. 하지만 곧 슬픔 대신 새로운 감정이 그녀를 사로잡았다. 그녀는 자기도 모르게 검은 베일을 계속 바라보고 있었는데, 해 질 무렵 갑자기 주변이 어두워지는 것처럼 베일이 주는 공포가 그녀를 둘러싸기 시작했다. 그녀는 일어나 덜덜 떨며 목사 앞에 서 있었다.

"결국 당신도 이제 느껴지나 보군요." 슬픔에 잠긴 그가 물었다.

그녀는 아무 대답도 하지 않고 손으로 눈을 가리며 방을 나가려고 몸을 돌렸다. 후퍼 목사는 그녀 앞으로 달려가 팔을 붙잡았다.

"엘리자베스, 참고 견뎌 줘요." 그는 격한 감정으로 크게 소리쳤다.

"지상에서는 우리 사이에 이 베일이 있겠지만, 그래도 나를 버리지 말아 줘요. 내 아내가 되어 준다면, 천국에서는 이 베일이 없을 것이오. 우리의 영혼 사이에 그 어떤 어둠도 없을 테니 말이오. 이것은 인간이 쓰는 장막일 뿐, 영원한 것이 아니에요. 당신은 내가 이 장막 뒤에서 혼자 얼마나 외롭고 무서운지 알 수 없을 거요. 제발, 나를 이 비참한 어둠 속에 영원히 버려두지 마시오.”

“한 번만이라도 베일을 걷고, 내 얼굴을 봐주세요” 그녀가 말했다.

“불가능하오. 절대 그럴 수는 없소”

“그렇다면, 이게 우리의 마지막이네요.” 엘리자베스가 말했다.

그녀는 그의 손아귀에서 팔을 빼고 천천히 나가더니 문가에 이르자 잠시 멈췄다. 그리고 오들오들 떨면서, 장막의 신비를 꿰뚫기라도 하듯 오래 바라보았다. 가장 사랑하는 사람 앞에서까지 어둡게 드리우고 있어야 하는 끔찍한 것이라 해도, 그저 상징적인 천 조각에 불과한 것인데 그것 때문에 자신의 행복이 떠났다는 생각에 후퍼 목사는 쓴웃음을 지었다.

그 이후로 후퍼 목사의 검은 베일을 벗기려는 시도는 더 이상 없었다. 그가 장막 뒤에 감춘 비밀이 뭔지 직접 알아보려 하는 사람도 없었다. 자신을 편견에서 벗

　　　　　　　　　　　　저 사람은 왜 저럴까?

어난다고 주장하는 사람들은 후퍼 목사의 베일을 이성적이고 멀쩡한 사람들에게도 종종 보이는 일종의 괴팍한 기벽 같은 것이라고 했다. 하지만 대부분의 사람은 후퍼 목사를 구제 불능 괴물로 보았다. 그는 이제 마음 편히 거리를 걸을 수조차 없었다. 소심한 이들은 그를 피해 슬그머니 길을 비켰고, 성미가 대담한 이들은 그의 앞을 떡하니 가로막는 것을 무슨 용기 있는 행동이라도 되는 양 여겼기 때문이다. 그런 무례한 사람들 때문에 그는 해 질 녘이면 늘 하던 묘지 산책을 그만둘 수밖에 없었다. 그가 묘지 입구에서 명상에 잠기면 언제나 무덤 뒤에서 그의 검은 베일을 엿보는 사람들이 보였기 때문이기도 했다. 죽은 사람들이 그를 강렬하게 응시해 쫓아냈다는 이야기가 마을에 술렁거렸다. 어린 아이들이 도망가는 것을 볼 때마다 그는 다정한 마음 깊은 곳에서부터 슬픔이 차올라 고통스러웠다. 아무리 즐거운 놀이를 하는 중이었다고 해도, 그의 음울한 모습을 보는 순간 아이들은 멈추고 도망쳤다. 아이들이 본능적으로 느끼는 공포를 접하며, 목사는 자신의 검은 베일이 정말이지 어떤 초자연적인 두려움을 실로 엮어 만든 것이 분명하다고 느꼈다. 사실 후퍼 목사 자신도 얼마나 그 장막을 혐오했는지는 너무나 잘 알려져 있었다. 그는 거울 앞을 지나가는 것을 피했고, 고요한 샘에서 물을 마실 때조차 몸을 숙이지 않았다. 평화로운 수면 위에 비친 자기 모습이 그를 공포로 몰아넣을까 두려웠기 때문이었다. 이런 모습은 그가 차마 밝힐 수 없는 너무 끔찍한 죄를 저질렀기 때문에 양심의 가책 때문에 이렇게 모호한 방식으로 암시하고 있는 것이라는 소문에 신빙성을 주었다. 그러므로 죄인지 슬픔인지 모를 모호한 어둠이 검은 베일 아래로 빠져나와 목사를 뒤덮고, 사람들의 사랑과 동정이 그에게 닿을 수 없도록 구름이 해를 가리듯 막고 있다는 것이었다. 목사가 그곳에서 귀신과 악마와 함께 살고 있다는 말도 떠돌았다.

검은 장막을 통해 본 세상은 온통 슬픔이었지만, 그는 자신의 영혼으로 어둠을 더듬고 응시하면서, 사람들을 공포스럽게 하고 자신도 몸서리치던 그 베일의 그림자 아래를 계속 걸었다. 사람들은 제멋대로 부는 바람마저도 그의 끔찍한 비밀을 존중하느라 베일을 걷어낸 적이 한번도 없었다고 믿었다. 하얗게 질려 그의 옆을 지나치는 사람들을 보며, 착한 후퍼 목사는 여전히 씁

쓸한 미소를 지을 뿐이었다.

검은 베일이 가져온 이 모든 나쁜 영향에도 불구하고, 바람직한 효과가 하나 있었다. 바로 그를 아주 훌륭한 목사로 만들었다는 점이었다. 달리 뚜렷한 원인을 찾을 수 없었기에 그 신비로운 상징(베일) 덕분이라 해야겠으나, 어쨌든 그는 죄의 고통에 신음하는 영혼들에게 경외심마저 불러일으키는 강력한 권능을 떨치는 존재가 되었다. 은유적이기는 하지만, 후퍼 목사를 따르는 신도들은 그가 천국의 빛으로 자신들을 인도하기 전까지 목사와 함께 그 베일 뒤에 있었다고 확신했다. 그들은 각자 고유하게 느끼는 특별한 두려움을 품고 후퍼 목사를 대했다. 베일의 어둠으로 그가 모든 고통과 슬픔에 공감할 수 있게 된 것은 분명했다. 임종을 앞둔 죄인들은 큰 소리로 후퍼 목사를 부르며 그가 오기 전까지 마지막 숨을 버티려고 했다. 그럼에도 목사가 위로의 말을 속삭이려 고개를 숙이면 그들은 베일에 가려진 그의 얼굴을 보며 덜덜 떨었다. 죽음을 바로 앞둔 순간에도 검은 장막의 공포는 엄청났다. 그의 얼굴을 보는 것이 금지됐다는 사실 때문에, 아무 연고도 없는 사람들이 어렴풋한 그의 모습이라도 보려고 멀리서 찾아와 교회 예배에 참석했다가 예배당을 떠나기 전 전율을 느꼈다. 벨처 주지사가 재임하던 때, 후퍼 목사가 선거 설교를 맡은 적이 한번 있었다. 그는 검은 베일을 쓰고 주지사와 의회, 각 대표단 앞에 섰다. 그해의 입법안은 선조들이 통치하던 시절처럼 경건하고 차분해 깊은 감동을 주었다.

이렇게 후퍼 목사는 밖으로 보이기에 흠 없는 좋은 삶을 살았으나, 음울한 의혹 속에 가려져 있었다. 친절하고 사랑이 넘쳤으나 사랑받지 못했고, 어두움과 공포의 대상이었다. 사람들은 건강하고 행복할 때는 그를 피했고, 죽음의 고통이 찾아오면 도움을 요청하며 그를 찾았다. 세월이 흘러 마치 눈송이가 쌓인 것처럼 그의 베일이 회색으로 바랬을 때, 뉴 잉글랜드 교회 전체에 그의 이름이 알려졌다. 사람들은 그를 후퍼 아버지라고 불렀다. 수많은 장례식이 있었고, 그가 취임하던 때 장년이던 교구 신도들 대부분을 떠나보냈다. 교회 안의 신도들보다 교회 묘지에 묻힌 그의 신도가 더 많았다. 이제 매일 늦은 저녁까지 성실하게 임무를 다하던 선한 후퍼 목사의 삶이 영원한 안식에 이를 차례가 되었다.

어둑한 촛불 속에서 그의 임종을 지키는 사람이 몇

명 보였다. 그의 가족은 없었다. 하지만 목사의 마지막 고통을 덜어주기 위해 애쓰는 침착하고 점잖은 의사가 있었고, 교회 집사들과 신앙심 깊은 신자들이 있었다. 후퍼 목사의 마지막 순간을 지키며 기도하려고 웨스트 버리에서 급히 달려온 젊고 열정적인 성직자 클라크 목사도 있었다. 간호사도 있었는데 임종에 맞춰 고용한 간호사가 아니었다. 그녀는 조용한 사랑으로 남몰래 혼자서 오랫동안 그가 서늘하게 늙어가는 내내 그를 지켜주었고 죽는 순간까지도 변치 않은 그대로였다. 그녀는 엘리자베스였다. 선한 아버지 후퍼 목사의 백발이 죽음의 베개 위에 놓여있었다. 검은 베일은 여전히 그의 이마를 감싼 채 얼굴을 덮고 있었고, 힘겹게 내쉬는 미약한 숨결에 흔들렸다. 그 천 조각은 그와 세상을 평생 단절시켰다. 친구들과 명랑하게 우정을 누리지 못하게 차단했고, 여자와의 사랑을 막았다. 그리고 세상에서 가장 슬픈 감옥인 자신의 마음속에 스스로를 가두게 했다. 베일은 여전히 그의 얼굴을 덮고 있었고 어두운 방을 더욱 깊고 우울하게 만들었다. 영원의 햇빛으로부터 그를 가리고 있는 것 같았다.

그는 한동안 정신이 혼란스러웠고, 과거와 현재 사

이를 불안하게 오갔다. 드문드문 앞으로 다가올 미래의 불분명함 속을 떠도는 것을 느끼기도 했다. 고열로 인한 발작을 가누지 못하고 몸부림치며 남은 힘마저 다 소진하고 있었다. 하지만 경련을 일으키며 분투할 때도, 오락가락하는 정신이 주체하기 어렵고 이성적인 사고가 전혀 불가능할 때도, 그는 검은 베일이 벗겨질까 몹시 염려하는 듯했다. 혹시 베일이 벗겨져도 모를 만큼 제정신이 아니라 해도, 그의 머리맡에는 그를 신뢰하는 여자가 있었다. 노인이 된 그의 얼굴을, 여전히 그녀의 기억 속 남자답고 아름답던 때의 모습으로 바라봐 주며 그녀가 베일을 덮어줄 것이었다. 한참 사경을 헤매던 후퍼 목사는 정신적 육체적 소진 속에서 조용히 누워있었다. 그의 맥박은 거의 느껴지지 않았고, 숨결은 점점 더 희미해졌다. 다만 때때로 그의 영혼이 떠나가는 것 같은 길고 깊은, 불규칙한 숨소리가 들렸다. 웨스트버리에서 온 클라크 목사가 침대 곁으로 다가왔다.

“존경하는 후퍼 목사님” 그가 말했다.

“떠나실 순간이 가까워졌습니다. 영원으로부터 시간을 막고 있는 저 장막을 벗을 준비가 되셨습니까?”

후퍼 신부는 처음에는 겨우 약하게 고개를 저을 뿐

이었다. 하지만 자기 뜻이 잘못 전달될까 염려됐는지, 힘겹게 입을 열었다.

"그렇소……." 그가 듣기 어려울 만큼 희미하게 말했다.

"내 영혼은 베일이 벗겨지기를 기다리느라 몹시 지치고 힘들었…"

"하지만," 클라크 목사는 말을 이었다.

"목사님은 기도에 헌신하신 분이자, 성스러운 품행, 생각까지도 흠 하나 없이 모두의 모범이 되셨습니다. 인간의 눈으로 판단할 수 있는 한, 가장 거룩한 삶을 사신 분입니다. 그런 목사님에 대한 기억을 더럽힐지 모르는 어두운 그림자를 남겨 놓는 게 옳습니까. 존경하는 형제님, 제발 그러지 마십시오. 승리의 보상을 향해 떠나는 당신의 모습을 넘치는 기쁨으로 볼 수 있도록, 장막이 영원히 벗겨지기 전, 제가 이 베일을 벗길 수 있도록 해주십시오."

이렇게 말하며, 클라크 목사는 오랜 세월 숨겨둔 신비를 벗기기 위해 몸을 숙였다. 그런데 그때 후퍼 신부는 갑자기 힘을 발휘해 지켜보던 모든 사람을 소스라치게 놀라게 했다. 죽어가는 사람과 싸우겠다면 기꺼이 결연히 맞서겠다는 듯이, 이불에서 손을 꺼내더니 강하게 검은 베일을 눌러 붙잡은 것이다.

"절대 안 돼!" 베일을 쓴 목사가 소리쳤다.

"지상에서는, 절대로!"

"어둠에 빠진 노인!" 클라크 목사가 공포에 질린 채 외쳤다.

"얼마나 끔찍한 죄를 지었길래 당신의 영혼은 그것을 짊어진 채 심판을 향하는 겁니까."

후퍼 신부의 숨이 거칠어졌다. 그는 목숨을 붙잡으려는 듯 손을 앞으로 움켜쥐며, 말하려고 안간힘을 썼다. 목구멍을 긁는 것 같은 소리가 났다. 심지어는 침대에서 몸을 일으키기까지 했는데, 죽음의 팔이 자신을 감싸는 것을 느끼며 떨고 있었다. 그 검은 베일은 마지막 순간까지도 끔찍하게, 평생의 모든 공포를 담고 그의 얼굴 앞에 늘어져 있었다. 그러나 그는 여전히 희미하고 슬픈 미소를 띠고 있었다. 그 미소는 어둠 속에서 어슴프레 빛나며 마지막 순간까지 그의 입술에 남아있었다.

"어찌하여 나만 보며 떨고 있는가."

후퍼 신부는 검은 베일을 쓴 얼굴을 창백한 사람들

을 향해 돌리며 말했다.

"서로의 얼굴을 보며 두려워하라! 남자들이 나를 피하고, 여자들은 나를 불쌍히 여기지 않고, 아이들이 비명을 지르며 도망간 이유가 단지 이 장막 때문이었다는 말인가. 천 쪼가리에 지나지 않는 것을 이토록 끔찍하게 만든 것은 이것의 어두운 상징이 아니면 뭐란 말인가. 친구끼리 서로의 깊은 마음을 드러내고, 사랑하는 사람에게 진심을 보일 때, 인간이 창조주의 시선을 두려워하지 않고 자신의 죄를 역겹게 감추지 않는 날이 오면, 그때 나를 괴물로 여기라. 나는 평생을 그 상징 아래서, 그것을 위해 살았고, 죽는다. 나를 둘러싼 당신들… 보라, 모두 얼굴에 검은 장막이 드리워져 있구나…."

임종을 지키러 온 사람들이 겁에 질려 몸을 움츠리고 있는 사이에 후퍼 신부는 베일을 쓴 채로 베개 위로 쓰러져 장막을 쓴 시신이 되었다. 그의 입술에는 여전히 희미한 미소가 남아있었다. 사람들은 그의 베일을 벗기지 않고 관에 눕혀 무덤까지 운반했다. 수년이 흐르는 동안 무덤 위로 풀은 자라나고 시들기를 반복했다. 묘비는 이끼로 덮였고 선한 후퍼 목사의 얼굴은 흙으로 돌아갔다. 하지만 그의 얼굴이 검은 베일 아래에서 형체도 없이 사라져갔다는 것을 생각하면 여전히 끔찍할 뿐이다.

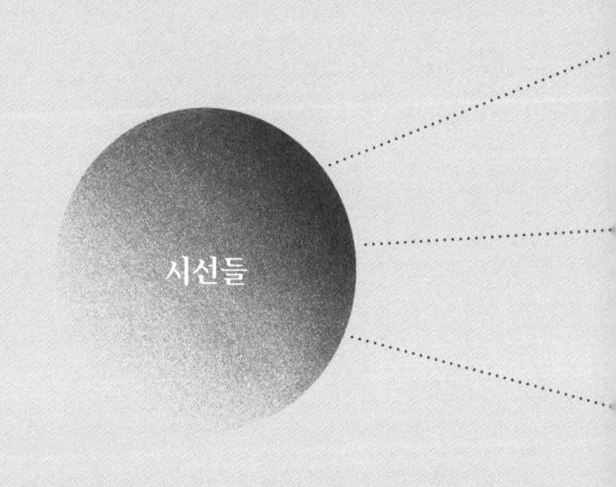

시선들

"그럴 수도 있겠구나"

"타인이라는 심연"

"불투명한 진실의 빛"

그럴 수도 있겠구나

우리는 종종 속으로 이렇게 중얼거린다.

"저 사람은 왜 저럴까?"

이 단편집의 제목이기도 한 이 물음은, 사실 타인보다 자신을 향한 질문에 가깝다고 느껴졌다. 누군가를 이해하지 못할 때, 그 사람의 삶이 낯설어서 불편해질 때, 그 앞에서 서성이는 것은 결국 나 자신이었으니까.

나는 타인을 이해하는 데 서툰 편이었다. 나와 다른 방식을 가진 사람을 만나면, 먼저 귀를 기울이기보다 마음속으로 거리를 두곤 했다. "원래 저런 사람이겠지"라고 쉽게 단정 짓거나, "나와는 맞지 않는다"라고 조용히 선을 긋는 일이 익숙했다. 이해하고자 애쓰기보다, 피로해지지 않는 쪽을 선택했다.

그래서인지, 이 책의 인물들은 내게 결코 편한 사람들이 아니었다. 상식에서 비켜난 말과 행동을 하거나, 자기 자신조차 완전히 설명하지 못하는 감정에 휘둘리거나, 남들이 보기에 이해하기 힘든 선택을 거듭하는 사람들. 그들을 우리말로 옮기기 위해 문장 하나하나를 붙잡고 있을 때마다, 내 안의 성급한 판단과 마주쳐야 했다. "왜 이렇게까지 하지?"라는 물음이, 번역 과정 내내 따라왔다.

번역은 문장을 옮기는 일이면서 동시에, 인물 곁에 오래 머무는 일이기도 하다. 작가가 만들어 놓은 세계 안에서, 그들이 쓰다 만 메시지와 숨겨 둔 침묵, 서툰 농담과 분노의 여운을 반복해서 되짚는 과정이다.

그렇게 오래 머물다 보면 처음에는 도무지 이해되지 않던 장면들이 "이 사람에게는 이것밖에 남지 않았겠구나" 하는 마음으로 조금씩 방향을 바꾸기도 한다.

그렇다고 해서 내가 이 소설 속 인물들을 완전히 이해했다고 말할 수는 없다. 여전히 이해되지 않는 구석이 남아 있고, 끝내 도달하지 못한 미진한 마음도 있다. 다만 예전처럼 "저 사람은 왜 저럴까"라고 단정 짓듯 중얼거리는 대신, "어쩌면 이럴 수밖에 없었을지도 모르겠다"라는 생각을 한 번 더 떠올리게 되었다는 점에서, 내 안의 태도가 조금 달라졌음을 느낀다.

번역자로서 나는, 이 인물들을 변호하려 하거나 반대로 판단하려 하지 않으려 했다. 이해되지 않는 부분을 억지로 설명하거나 깎아내기보다, 그저 그들이 그러했다는 사실을 문장 안에 그대로 남겨 두고 싶었다. 그 때문에 다소 거칠게 느껴지는 장면도, 쉽게 용납되지 않는 선택도, 가능하면 원래의 온도를 유지한 채 우리말로 옮기고자 했다.

완전한 이해와 완전한 오해 사이에는, 우리가 조금 더 오래 머물 수 있는 회색 지대가 있다고 믿는다. 이 책이 바라보는 자리도 바로 그 지대에 가깝다. "저 사람은 왜 저럴까"에서 시작한 질문이, 이 단편들을 다 읽고 난 뒤에는, "그럴 수도 있겠구나"라는 생각으로 이어졌으면 좋겠다.

이 책의 인물들이, 독자 여러분 각자의 삶 속에 잠시 머물다 갈 수 있기를 바란다.

번역가 이정경

타인이라는 심연

단편선에 나오는 다섯 명의 주인공은 주변에서 쉽게 찾아볼 수 없는 인물들이지만, 이상하게도 전혀 낯설지 않았다. 그들이 처한 상황에 동의해서일 수도 있고, 어쩌면 나 역시 누군가에게 이해되지 못한 '타인'이기 때문일지도 모르겠다. 다섯은 저마다 다르지만, 결국 어딘가 닮아 있다.

시작은 캐서린 맨스필드의 「미스 브릴」이다. 그녀는 공원 벤치라는 자신만의 작은 무대 위에서 세상을 연출하며 고단한 삶을 견뎌낸다. 그 공상을 들여다본 독자들은 그녀를 두고 나잇값을 못 한다거나 자아가 비대하다고 비난할지 모른다. 하지만 관계를 차단한 채 안전한 곳에서 내가 원하는 콘텐츠만을 소비하는 우리 역시 그녀와 크게 다르지 않다. 누구나 안락한 세계를 꿈꾸지만 삶은 예기치 못한 일들의 연속이고, 때로는 지나치게 불친절하다. 예고 없이 날아든 날 선 조롱 한마디에 그녀의 견고하던 세계는 뿌리째 흔들린다. 소설 끝, 상자 덮개를 닫으며 그녀가 들은 울음소리가 묵직하게 들린다면 우리 또한 비슷한 무례함을 경험해 보았기 때문일 것이다.

누구나 지키고 싶은 연약한 세계가 있다는 사실을 미스 브릴이 보여주었다면, 헨리 제임스의 「진짜」는 정체성을 지나치게 고수하는 이들의 기이함을 비춘다. 화가 앞에 나타난 모나크 부부는 누가 봐도 '진짜' 귀족이다. 하지만 그들은 모델이라는 역할을 맡아서도 귀족이라는 껍데기를 단 한 꺼풀도 벗어던지지 못한다. 그들이 뿜어내는 기품은 화가의 작업실을 압도하고, 역설적으로 화가의 상상력이 개입할 틈을 완벽히 틀어막는다. 결국 그들을 그릴수록 그림은 생명력을 잃고 굳어버린다. "저 부부는 굳이 모델을 하러 와서도 저토록 귀족답게만 굴까?"라는 의문은 곧 정체성에 대한 질문으로 이

　　　　　　　　　　　　　　　　　저 사람은 왜 저럴까?

어진다. 자기 자신이라는 진실에 지나치게 꽉 차 있는 사람은 다른 무엇도 될 수 없다. 유연함을 잃은 본질은 시대착오적인 갑옷이 되어 스스로를 고립시킬 수도 있다는 걸 깨닫는다. 모나크 부부의 기이한 고집이 실은 '자기'라는 감옥에서 나오지 못한 비극임을 서늘하게 보여준다.

유연하지 못한 신념은 체호프의 「내기」에서 광기로 치닫는다. 사형과 종신형 중 무엇이 더 인간적인지를 두고 벌인 15년의 내기. 변호사의 '견딤'은 숭고한 증명이었을까, 아니면 텅 빈 고집이었을까. 시간이 흐를수록 은행가의 호기는 초조함으로 변하고, 변호사의 확신은 기이한 허무로 침전된다. 확신이 존재를 앞지를 때, 신념은 때로 안타까운 광기가 된다. 누군가의 이해할 수 없는 신념과 맞닥뜨릴 때 우리는 종종 머뭇거린다. 그것이 생존을 위한 가치인지, 가치의 이름을 빌린 자존심인지 알 수 없는 경우가 많으니까. 그 한 끗 차이의 경계가 생각보다 얇다는 사실에 소름이 돋을 때쯤, 문득 나 또한 누군가에게 기괴한 인물이었을지 모른다는 생각에 가닿게 된다.

다섯 편 중 표면적으로 가장 이해하기 힘든 인물은 카프카의 「단식 예술가」였다. 그는 말한다. "먹고 싶은 음식을 찾지 못했을 뿐"이라고. 그는 결핍을 이해받고 싶어 하지만, 대중은 그의 단식을 흥행의 규칙 안에서만 소비한다. 인기는 넘치지만 이해는 없는 자리, 그곳에서 실존적 우울이 시작된다. 우리는 알 수 없는 타인의 고통을 "관심받고 싶어서 저러는 것"이라며 손쉬운 결론으로 치부하곤 한다. 그래야 죄책감 없이 구경을 계속할 수 있으니까. 작품 끝에 남겨진 그의 고백은 우리 역시 자신만의 결핍을 남들이 모르는 방식으로 버티고 있는 것은 아닐까로 확대된다. 그렇게 이해하고 나면, 설명할 수 없다는 사실 자체가 이미 가장 깊은 고독임을 깨닫게 된다.

너새니얼 호손의 「검은 베일을 쓴 목사」 역시 「단식 예술가」 못지않게 고독한 인물이다. 검은 베일은 아무 말도 하지 않는다. 그저 '가린다'는 사실만으로 공동체의 불안을 자극할 뿐이다. 사람들은 베일 너머의 진실을 궁금해하기보다 '숨기는 행위' 자체에 악의적인 상상을 덧입힌다. 근거 없는 의심은 팩트보다 빠르게 결속하고, 수많은 '카더라'는 한 인간의 생애를 난도질한다. 우리는 왜 타인의 닫힌 문을 그토록 견디지 못할까. 왜 모르는 것을 '모르는 채로' 두지 못할까. 검은 베일은 목사의 비밀이 아니라, 그것을 바라보는 우리 안의 파괴적인 욕망을 드러내는 장치일지도 모르겠다. 나는 타인의 베일을 해석하는 사람일까, 아니면 베일 앞에서 흔들리는 자신의 불안을 들여다보는 사람일까.

다섯 편의 기이한 여정을 마친 지금, 처음에 던졌던 질문을 다시 꺼내 본다. "저 사람은 왜 저럴까?" 누군가의 환상이 깨지는 소리에 눈살을 찌푸리고, 누군가의 고집스러운 품위나 무모한 내기를 보며 혀를 차기도 했을 것이다. 이해받지 못한 굶주림을 예술이라 우기는 광대를 비웃거나, 끝내 얼굴을 가린 목사의 베일을 벗겨버리고 싶은 충동을 느꼈을지도 모른다.

사실 우리 모두는 저마다의 '검은 베일'을 쓴 채, 누구에게도 들키고 싶지 않은 '단식의 우리' 안에서 살아간다. 타인을 향한 서늘한 의문은 결국 나를 향한 뜨거운 성찰이 되어 돌아오기도 한다. 이 책을 덮는 순간, 당신 곁의 누군가가 문득 낯설게 느껴진다면 이상한 일이

아니다. 비로소 그 사람이라는 '심연'을 마주할 준비가
되었다는 신호로 보면 어떨까.

"우리는 각자 어떤 베일을 쓰고 이 삶을 버티고 있는
걸까?"

엮은이 남우주

  저 사람은 왜 저럴까?

불투명한 진실의 빛

I.

문학은 우리에게 빛을 던져준다. 그 빛은 세계에 관한 명석한 깨달음의 빛일 수도 있고 우리 이웃을 향해 따뜻하게 불타오르는 감동의 빛일 수도 있다. 하지만 문학은 그 빛을 결코 밝고 투명하게 전달하지 않는다. 그 빛은 환한 드러냄이 아니라 오히려 비밀스러운 숨김을 통해 우리에게 전달된다. 이와 같은 역설은 무엇보다 문학이 대상으로 삼는 인간의 삶이 그 본질적인 성격에 있어 타인에게 투명하게 개방될 수 없기에 발생한다. 여기 묶인 다섯 편의 소설은 저마다 다른 주제와 스타일을 지니고 있지만 환한 드러냄이 아니라 비밀스러운 숨김을 통해 자신의 빛을 전달하는 문학의 특질을 잘 보여준다.

이와 관련해 가장 먼저 우리의 눈길을 끄는 작품은 너새니얼 호손의 「검은 베일을 쓴 목사」이다. 너새니얼 호손은 헨리 데이비드 소로, 허먼 멜빌, 월트 휘트먼 등과 더불어 19세기 미국 문학의 부흥을 이끈 대표적인 작가로 꼽힌다. 우리에게는 무엇보다 『주홍 글자』(1850)의 작가로 잘 알려진 호손은 영국 청교도들이 뉴잉글랜드 지역에 처음 정착한 17세기부터 작가가 살았던 19세기에 이르는 시간을 배경으로 다양한 인물들이 겪는 죄의식과 고통, 속죄와 구원과 같은 기독교적 주제를 소설적으로 탐구한 것으로 유명하다. 이 작품 역시 호손이 천착했던 기독교적 죄의식이라는 주제와 직접적으로 닿아 있음은 물론이다.

소설의 플롯은 단순한 편이다. 미국 뉴잉글랜드에 위치한 작은 마을에서 사역하던 후퍼 목사는 어느 주일날 느닷없이 검은 베일을 두르고 예배당에 나타난다. 목사의 기이한 행동에 교인들은 동요하며 저마다의 해석과 추론을 늘어놓지만 후퍼 목사가 검은 베일을 두른 이유를 누구도 속 시원히 알 수는 없다. 목사의 베일은 교인들에게 당혹감과 공포감을 자아내는 동시에 그의 설교에 더욱 집중하게 만드는 효과를 낳는다. 하지만 후퍼 목사가 단순히 사람들의 이목을 집중시키기 위해 그런 기행을 저지른 것 같지는 않다. 이 점은 베일을 벗어달라는 약혼녀 엘리자베스의 간곡한 요청을 거부함으로써 그녀와의 이별까지 감당하는 장면에서 잘 드러난다. 후퍼 목사는 죽을 때까지, 아니 죽는 순간까지도 베일을 벗지 않고 "베일을 쓴 채로 베개 위로 쓰러져 장막을 쓴 시신이" 되고 만다.

언뜻 간단한 이야기처럼 보이지만 이 작품은 전문가들 사이에서도 호손의 작품 중 가장 난해하고 까다로운 작품으로 여겨진다. 그건 작품 속 후퍼 목사가 베일을 쓰게 된 이유가 속 시원하게 드러나지 않으며 그로 인해 그 베일이 무엇을 위한 "상징이고 표식"인지 명료하게 판단하기 어렵기 때문이다. 가령 이 소설의 서두에는 후퍼 목사와 똑같이 평생 얼굴을 감추고 살았던 조셉 무디 목사가 등장한다. 서술자는 조셉 무디 목사가 베일을 쓴 이유가 "정말 사랑했던 친구를 젊은 시절에 실수로 죽였"기 때문이라고 분명하게 밝혀 둔다. 그렇다면 무디 목사의 베일은 젊은 시절 그가 저지른 과오에 대한 참회와 속죄의 의미를 띤다는 해석이 무리 없이 가능하다. 후퍼 목사의 경우는 다르다. 소설의 결말에 이르러도 왜 그가 어느 날 갑자기 베일을 두르고 사람들 앞에 서게 되었는지, 그것이 무디 목사의 경우처럼 참회의 의미라면 대체 자신이 지은 어떤 죄를 참회하기 위함인지 독자는 결코 투명하게 알 수 없다. 마을 사람들은 그 불투명한 앎의 공백 지대를 저마다 덧붙이는 "추문"으로 메우려 한다. 신 앞에 무엇도 거리낄 것 없는 정직함과 순수함을 보여줘야 하는 목사이기에 그를 둘러싸고 증식하는 온갖 억측과 비난은 더욱 무겁게 다가온다. 약혼녀 엘리자베스가 후퍼 목사에게 베일을 벗으라고 간청하는 이유도 후퍼 목사를 둘러싼 억측에서 벗어나는 일이 곧 그녀 자신의 더럽혀진 명예를 회복하는 일과 무관하지 않기 때문일 것이다. 하지만 사랑하는 사람의 간청에도 후퍼 목사는 베일을 벗지 않으며 이에 커다란 두려움을 느낀 엘리자베스는 결국 후퍼 목사를 떠나고 만다. 이 대목은 후퍼 목사가 베일을 착용하는 행위가 세속적인 욕망과 이해를 초월하여 이루어진 선택이었음을 보여준다. 세속의 이해와 개인의 욕망까지 모두 포기한 채 한 평생 베일을 고수하는 목사의 집념은 소설 속 어느 인물의 말마따나 '미친 짓'처럼 보인다("우리 목사가 미쳐 버렸다네!"). 일반인의 시선으로는 좀처럼 이해할 수 없는 이런 목사의 '미친 짓'을 우리는 어떻게 '문학적으로' 해석할 수 있을 것인가?

다행히 작품 안에는 이 물음을 풀어갈 단서가 희미하게나마 제시되어 있다. 호손 소설의 주요 주제인 '죄의식'은 이 작품을 해명하는 데도 중요한 열쇳말이 되어준다. 베일을 쓴 뒤 후퍼 목사가 행한 첫 설교는 교인들의 죄의식을 지극하는 데 성공한다. 이날 후퍼 목사의 설교 주제는 "가장 가깝고 사랑하는 사람에게도 숨기려 하는, 전지전능한 신은 다 알고 있음에도 개의치 않고, 양심도 모르게 감춰버린 은밀한 죄악과 슬픈 비밀이었다." 그렇다면 후퍼 목사의 베일은 일차적으로 사람들이 기만적으로 억압한 "은밀한 죄악과 슬픈 비밀"을 상기하기 위해 마련한 일종의 장치라고 파악할 수 있을 것이다. 그러나 의문은 여전히 남는다. 마을 교인을 일깨우기 위해서라면 주일날 교인들을 만날 때만 그 베일을 쓰면 되는 게 아닐까? 단지 그 깨달음을 전달하기 위해 사랑하는 사람마저 떠나보내고 평생을 고립과 불통 속에 살아야만 하는 건 아니지 않은가? 이런 물음이 해소되지 않기에 (독자를 포함한) 마을 사람들은 후퍼 목사에게도 스스로 계속 일깨워야 할 "은밀한 죄악과 슬픈 비밀"이 있기 때문일까 의심하는 것이다. 후퍼 목사는 "어둠에서도 빛에서도, 혼자 있을 때나 사람들 앞에 보일 때나, 낯선 사람과 있을 때든 친한 사람과 있을 때든 항상 이것을 쓰고 있겠다고" 맹세했지만 무엇이 그로 하여금 이런 맹세를 온 생애에 걸쳐 수호하고자 했는지는 소설이 종결될 때까지 베일에 싸여 있다.

후퍼 목사를 멜랑콜리한 우울증자로 보고 그의 행동을 실패한 애도 작업으로 볼 수도 있을 것이다. 후퍼 목사에 대한 묘사를 보면 그는 확실히 멜랑콜리적인 인물처럼 보인다. 소설은 후퍼 목사를 형용하면서 암울과 우울, 슬픔 같은 단어를 자주 사용한다. 마을 사람들이 "건강하고 행복할 때는 그를 피했고, 죽음의 고통이 찾아오면 도움을 요청하며 그를 찾았다."라는 구절에서

     저 사람은 왜 저럴까?

알 수 있듯 그는 일부러 밝음과 행복의 편이 아니라 우울과 고통의 편에 선다. 프로이트는 애도와 멜랑콜리를 구분하면서 멜랑콜리의 증상 중 하나로 자기 자신에 대한 과도한 공격성을 든 바 있다. 멜랑콜리 환자는 자신을 쓸모없고 무능력하며 도덕적으로 타락한 자아라고 공격한다는 것이다. 후퍼 목사 역시 베일을 쓰고 나타난 뒤 마을 사람들과의 인격적이고 우호적인 교류가 단절된다. 이는 마치 후퍼 목사가 스스로를 베일 안으로 추방한 것처럼 보이게 만든다. 그렇기에 후퍼 목사가 부르짖는 죄에 대한 정직한 응시와 진정한 참회는 자아에 대해 가혹하게 군림하는 초자아의 명령과 닮아 있는 것도 같다. 그렇지만 후퍼 목사가 베일을 끝내 벗지 않는 행위를, 멜랑콜리를 통해 설명하는 것은 큰 한계를 지닌다. 후퍼 목사는 일반적인 멜랑콜리 환자가 내보이는 증후와는 다르게 자신의 맹세를 신실하게 견지하며 죽음 앞에서도 의연하고 굳건한 모습을 보이기 때문이다. 후퍼 목사의 베일은 멜랑콜리의 증거라기보다 차라리 죽음 충동을 불사하는 어떤 견결하고 신실한 윤리성의 증거로 해석하는 편이 타당할 것이다.

이 소설의 백미는 검은 베일이 겨냥하는 목표나 그것이 체현하는 의미가 우리에게 선명하게 주어지지 않고 차라리 끝내 영원한 비밀로 존재하게 된다는 점에 있다. 이 소설의 생명력은 어쩌면 그와 같이 보존된 비밀에 있다고 말해도 좋을 것이다. 앞서 밝혔듯 문학 작품은 우리에게 빛을 던져주지만, 그것은 어디까지나 불투명하고 비밀스러운 숨김을 통해서만 주어진다. 물론 선명한 메시지의 전달에 주력하는 작품도 없지 않지만 그런 작품일수록 우리에게 던져주는 빛의 채도는 흐릿하기 마련이다. 후퍼 목사의 베일을 작품과 독자 사이에 은밀하고 불투명한 신비로운 비밀을 창조하는 문학적 형식의 비유로 읽는다면 이 소설을 다른 의미에서 즐길 수 있는 하나의 길이 열리게 된다. 이 비유가 오늘날 더욱 적실하게 다가오는 것은 현재 그와 같은 불투명한 비밀의 베일이 점차 무용하고 거추장스러운 것으로 여겨지고 있기 때문이다. 철학자 한병철은 관련해 다음과 같이 쓴 바 있다.

강제적이고 매혹적인 형식의 자리에 담론적 내용이 들어선다. 마술은 투명성에 밀려난다. 투명해지라는 명령

　　　　　　　　　　　　저 사람은 왜 저럴까?

은 형식에 대한 적개심을 일으킨다. 예술은 의미의 측면에서 투명해진다. 이제 예술은 유혹하지 않는다. 마술적인 베일은 벗겨진다. 형식은 직접 나서서 말하지 않는다. 형식의 언어, 기표의 언어는 농축, 복잡성, 다의성, 과장, 고도의 불명확성, 심지어 모순성을 특징으로 가진다. 형식은 의미심장함을 암시하지만, 의미에 흡수되지 않는다. 그런데 오늘날 형식은 단순화된 의미와 메시지를 위해 사라지고, 예술 작품에 단순화된 의미와 메시지가 덮어씌워진다.

한병철에 따르면 예술은 그것이 둘러쓴 "마술적인 베일"에 의해 그 신비를 보존한다. 하지만 오늘날 사람들은, 마치 후퍼 목사에게 베일을 걷어달라고 간청하던 마을 사람들처럼, 예술에 드리워진 베일을 어떻게든 벗기려 든다. 누군가 그 요청을 거부하고 베일을 고집하면 대중들로부터 단절되고 고립되는 결과를 초래하게 된다. 베일을 벗어달라고 간청하는 사람들은 어떤 의미는 불투명하고 비밀스러운 은폐를 거쳐서만 우리 앞에 도달하게 된다는 사실을 모르거나 모른척한다. 그러나 프란츠 카프카의 「단식 예술가」가 보여주는 것처럼 현

● 한병철, 『리추얼의 종말』, 전대호 옮김, 김영사, 2021, 37쪽.

대 사회에서 어떤 예술가도 그와 같은, 소란스럽고 변덕스러운 대중으로부터 완전히 떠나있을 수는 없다.

II.

근대 문학은 자본주의라는 경제적 형식과 대중 민주주의라는 정치적 형식을 토대로 하고 있다. 이것은 문학뿐 아니라 근대적 예술 일반에 해당하는 조건이다. 자본주의는 예술 작품을 시장에서 유통되는 상품으로 탈바꿈시켰으며 민주주의의 진전과 더불어 예술 창작과 향유의 주체는 소수의 귀족이나 특권층이 아니라 평범한 보통 사람들로 확대되어 갔다. 카프카의「단식 예술가」는 이처럼 근대라는 새로운 시대가 만들어낸 예술(가)의 실존적인 조건을 우화적으로 형상화 한 작품이다.

프란츠 카프카는 설명이 따로 필요 없을 정도로 유명한 작가이며 아버지와의 불화를 비롯한 그에 대한 전기적 사실도 널리 알려져 있다. 그의 대표작「변신」이나『성』,『소송』같은 작품은 오늘날에도 최고의 세계

   저 사람은 왜 저럴까?

문학으로 거론되거니와 현대 사회의 실존적 소외와 부조리를 정면으로 겨냥하고 있는 그의 소설은 현대성에 관한 가장 날카롭고 정확한 우화로 평가받는다.「단식 예술가」역시 그와 같은 카프카 소설의 특징을 잘 보여주는 작품이다.

　이 소설은 단식 예술가의 빛나는 영광의 순간에서 시작해 초라한 죽음의 순간으로 마무리된다. 단식 예술가는 한때 유럽 일대를 열광에 빠뜨릴 만큼 커다란 인기를 구가했다. 그의 단식 쇼를 기획한 단장은 한 도시에 40일 동안 머무르며 사람들 앞에 철장 우리 안에 갇혀 단식을 이어가는 그의 모습을 전시했다. 그리고 40일이 지나면 열광적인 관중으로 가득 들어찬 원형극장에서 화려한 축하 음악을 연주하는 오케스트라 공연과 함께 그의 단식 성공을 성대하게 기념했다. 그런데 왜 40일일까? 소설에서는 "한 도시에서 관심을 최대로 유지할 수 있는 광고 효과가 40일"이기 때문이라고 말하지만 우리는 자연스럽게 광야에서 사탄의 유혹과 싸우며 40일간 금식했던 예수 그리스도의 일화를 떠올리게 된다. 단장에게 단식 예술가가 행하는 단식은 사람들의 이목을 끌어 돈을 벌 수 있는 좋은 기회에 불과하지만, 단식 예술가에게 있어 단식은 예수의 광야로 대표되는 성스러운 후광이 깃들어 있다. 거꾸로 예수의 금식으로 대표되는 종교적 성스러움이 단식 예술가가 활동하는 근대 사회에서는 그 빛을 차츰 잃고 퇴색되어 버렸다고 말해도 좋다.

단식 예술가는 단식의 성공을 기념하는 화려한 행사도, 이를 통해 벌어들이는 막대한 돈에도 아무런 관심이 없다. 그는 다만 단식 행위 그 자체에 몰두할 뿐이며 다만 사람들이 자신의 순수한 단식 행위를 알아봐 주고 인정해 주기만을 바랄 뿐이다. 그에게 단식은 무언가를 얻기 위한 수단이나 도구가 아니라 살아감 그 자체이다. 하지만 문제는 단식 예술가가 발 딛고 선 곳은 예수가 활동하던 시대와 달리 자본주의와 대중 민주주의가 지배하는 근대 사회라는 점이다. 여기서 예술(단식)은 그 자체로 의미를 갖지 못하고 시장과 대중의 평가에 속박된다. 마치 인간의 노동이 인간의 실존으로부터 독립해 교환가치를 체현하듯 예술 또한 사람들의 여흥을 책임질 다른 형식의 눈요깃거리와 얼마든지 교환 가능해진다. 단식 예술가가 순식간에 인기를 잃어버리게 되는 상황은 이처럼 예술이 본격적으로 교환가치의 지배를 받게 된 근대적 조건과 무관하지 않다.

사람들의 관심이 식어버리자, 단식 예술가는 단장과 작별한 뒤 대형 서커스단에 입단한다. 거기서 그가 배당받은 자리는 동물원 가는 길목이다. 동물원은 인기가 많은 곳이었기에 단식 예술가는 다시 사람들이 자신의 단식을 관람해 줄 것이라는 기대를 품지만, 그의 기대는 차갑게 배반당한다. 사람들은 동물을 구경하기 위해 악다구니를 벌일 뿐 단식 예술가에게 별다른 관심을 보이지 않았다. "단식 예술가에 관한 판단도 이미 습관이 된 인식에 불과했다."라는 구절에서 알 수 있듯 대중들은 이미 단식 예술가의 단식에 어떤 신비와 경외도 품지 않은 지 오래였던 것으로 밝혀진다.

그렇게 단식 예술가의 존재는 서커스단 내에서도 서서히 잊혀 간다. 아무도 그가 갇힌 철장 우리를 신경 쓰지 않기에 그가 썩은 지푸라기 위에서 죽어가는 것조차 알아차리지 못한다. 그러다 우연히 어느 감독관이 단식 예술가를 발견하고 죽어가는 그와 마지막 대화를 시도한다. 단식 예술가는 감독관에게 자신은 단지 입에 맞는 음식을 찾지 못했기 때문에 단식할 수밖에 없었노라는 말을 유언처럼 실토하고 죽음을 맞는다. 이후 단식 예술가는 쓸쓸히 땅에 묻히고 그가 머물던 철장에는 표범 한 마리가 새로운 구경거리로 들어오게 된다. 단식 예술가의 마지막 유언은 해석하기 까다롭다. 문면文面 그대로 받아들인다면 그의 단식은 일종의 반찬 투정에 지나지 않기 때문이다. 그 유언을 더욱 풍부하게 해석하는 방법은 단식 예술가의 유언을 예술에 대한 은유로 받아들이는 것이다. 단식 예술가의 단식 행위를, 글을 쓰는 창작 행위에 빗댄다면 그의 입에 맞는 음식이 없다는 말은 창작 행위를 종결지을 수 있을 만큼 자신의 마음에 꼭 드는 작품이 존재하지 않는다는 예술가의 비타협적 결벽성을 보여준다고 할 수 있다.

죽는 순간까지 단식을 멈추지 않고 쓸쓸하게 죽음을 맞은 단식 예술가의 모습은 검은 베일을 끝내 벗지 않고 임종한 후퍼 목사의 모습과 자연스럽게 겹친다. 후퍼 목사가 마을 사람들의 몰이해와 두려움, 조롱과 억측 속에서도 베일 쓰기를 끝내 고수했듯이 단식 예술가 역시 사람들의 무관심과 냉대에도 불구하고 홀로 단식을 죽음까지 끌고 간다. 이렇듯 카프카의 이 소설은 근대 자본주의 사회에서 예술이 맞닥뜨린 곤경을 단식이라는 상징을 통해 서늘하게 그려낸다. 동시에 여기에는 대중의 집합적 열정이 사회에 강력한 영향을 끼치는 근대 대중 사회의 면모도 역력하게 드러난다. 이때 주목해야 할 것은 대중이 타인과 세계를 바라보는 시선이 갖게 된 새로운 힘의 성격이다. 단식 예술가는 철장 우리 안에 갇혀 대중들의 시선을 받는 위치에 있다. 단식 예술가의 단식을 예술 행위로 성립시키는 것은 철장 우리 주변에 몰려들어 그의 단식을 바라보는 대중의 시선이다. 단식 예술가가 가장 길망했던 것도 자신의 단식을 다시 힘차게 바라봐줄 사람들의 존재였다. 이처럼 근대 사회는 서로 교차하고 엇갈리는 대중의 시선을 통해 새롭게 구성되고 재편되는 사회이기도 하다.

캐서린 맨스필드의 「미스 브릴」은 그와 같은 시선의 교차와 엇갈림이 지니는 구성적인 힘을 중년 여성의 구체적인 내면의 운동을 통해 드러내는 작품이다. 소설은 주인공 미스 브릴의 짧은 외출을 다루고 있다. 미스 브릴은 주말을 맞아 집 근처 공원에 나가 거기서 마주친 다양한 사람들을 관찰하며 나름의 시선으로 평가한다. 공원에 앉아 여러 인간 군상을 관찰하는 일은 미스 브릴이 지닌 큰 즐거움의 원천이다. 그녀는 자신이 바라보는 세계를 한 편의 연극이 펼쳐지는 무대라고 상상한다. 그녀 역시 그 연극에 속한 배우임은 물론이다. 이렇듯 자신을 둘러싼 세계를 한 편의 연극으로, 그리고 자신을 연기하는 자아로 인식하는 데서 알 수 있듯 이 소설의 배경은 시선의 스펙터클이 지배하는 더없이 근대적인 풍경이다.

세계를 연극 무대로, 자신을 그 무대에 선 배우로 여기는 미스 브릴은 사실 그리 독특한 존재가 아니다. 오늘날에는 누구나 그와 같은 연기는 많든 적든 수행하며 살아가기 때문이다. 미국의 사회학자 어빙 고프먼은 이런 근대적 주체를 '연극적 자아'라고 규정한 바 있다. 타인과의 대면 상호 작용이 일반화된 근대 사회에서 인간은 모두 나름의 연기를 수행하지만 언제나 자신이 바라는 방식대로 연기할 수 있는 것은 아니다. 모든 인간은 자신의 시선을 세계의 중심에 놓는 주인공의 역할을 맡는 동시에 익명의 타자들에 의해 수동적으로 관찰되는 조연의 운명을 피할 수 없기 때문이다. 미스 브릴은 공원 산책을 나가기 전 모피 목도리를 꺼내 곱게 빗질하며 자신의 몸을 치장한다. 그리고 자신을 둘러싼 모든 풍경이 자신이 관찰한 세계의 모습을 뒷받침하는 배경처럼 느낀다. 그는 주체적으로 응시하고 타인을 평가하는 시선을 견지하는 동안 그는 자신이 속한 세계와 합치되어 있다. 하지만 그런 합일은 어디까지나 일시적이고 잠정적이다. 대중 사회에서 개인은 응시하는 존재인 동시에 응시받는 객체라는 이중적 존재이기 때문이다. 작품의 결말은 그 이중적 간극이 낳은 비극을 풍자적으로 보여준다. 미스 브릴 옆에 자리 잡은 어느 소년과 소녀는 미스 브릴을 두고 멍청한 늙은 것이라느니, 모피 목도리를 보고 흰 살 생선 튀겨놓은 것처럼 생겼다느니 조롱을 퍼붓는다. 당황한 미스 브릴은 늘 들르던 제과점도 건너뛴 채 황급히 "좁고 어두운 벽장 같은 자신의 방"에 들어가 아끼던 모피 목도리를 상자에 집어넣고 참았던 울음을 터뜨린다.

「미스 브릴」에 등장하는 시선의 얽힘은 후퍼 목사와 단식 예술가를 옭아매는 것과 동일한 종류의 것이다. 단식을 공연하는 단식 예술가의 경우는 물론이지만, 검은 베일을 둘러쓴 후퍼 목사의 행동 역시 공연성과 관객성을 떼어놓고는 설명할 수 없다. 하지만 미스 브릴과 달리 단식 예술가와 후퍼 목사는 자신이 벌이는 공연이 단지 일종의 의례이자 규칙에 불과하다는 사실을 단호히 부정한다. 그로 인해 그들의 죽음에는 세속화된 근대성으로 포착할 수 없는 비극적인 숭고의 정조가 깃들게 된다. 반면 미스 브릴은 근대 대중 사회가 지닌 연극적 성격을 잘 파악하고 있는 듯 보이지만 그건 어디까지나 절반의 파악에 불과하다. 그녀 역시 익명의 대중들이 생산하는 시선의 스펙터클 속에 놓인 존재라는 사실을 그녀는 소설의 결말에 이르러서야 알아채기 때문이다.

III.

극적 연출을 통해 이상적인 모습으로 타인과 세계 앞에 자신을 드러내고자 하는 삶의 양태가 일반화된 사회에서는 '진짜란 무엇인가?'와 같은 물음이 중요해진다. 타인과 세계가 있는 그대로 지각되지 못하고 연출과 변용을 통해 주체에게 수용되는 것이라면 거기에는 언제나 속임의 계기가 내포되어 있기 때문이다. 물론 '진짜란 무엇인가?'를 둘러싼 철학적 탐구는 플라톤을 비롯한 고대 그리스의 철학자들로 거슬러 올라가야 할 만큼 오래된 질문이다. 일찍이 플라톤은 '동굴의 우화'를 통해 인간의 불완전한 인식이 결코 이데아의 실재를 포착할 수 없음을 강조하기도 했거니와 '진짜와 가짜'를 구별하는 문제는 단지 인간의 관념적 인식 능력에 관계할 뿐만 아니라 육체적 삶의 생존과도 직결되는 것이었다. 특히 허구를 통한 진리의 생산을 목표로 하는 문학과 예술에서 이 문제는 더욱 중층적으로 탐구되기 마련이다. 헨리 제임스의 「진짜」는 타인의 눈을 속이려 드는 '가짜'에 대한 얄팍한 비판을 넘어 '진짜'가 그 자신의 진품성을 고집할 때 생겨나는 아이러니한 맹점마저 통렬하게 비판하는 작품이다. 이 작품은 초상화가인 화자의 작업실에 모나크 소령 부부가 방문하는 장면으로 시작한다. 군에서 퇴역한 후 불운한 일에 휘말려 전 재산을 날려버린 소령 부부는 삽화 모델을 고용하는 화가가 있으니 그를 찾아가 모델 일이라도 얻어보라는 지인의 조언을 듣고 화자를 찾아온다. 화자는 삽화 모델 일이 기품 있는 소령 부부에게 좀처럼 어울리지 않는다고 생각하면서도 결국 그들의 간청을 받아들인다.

사실 화자에게는 오랫동안 도움을 받아온 모델이 존재했다. 첨이라는 이름의 그 여성 모델은 런던 빈민가 출신으로 볼품없는 외양을 지녔지만, 고상한 귀부인에서 양치기 소녀까지 모든 역을 해낼 수 있는 특별한 재능을 가진 사람이었다. 모나크 소령 부부는 경쟁자인 첨에 맞서 자신들은 그녀와 달리 '진짜'임을 내세운다. ("실제와 같은, 진짜 신사와, 음… 숙녀를요.") 화자 역시 처음에는 그들의 '진짜' 기품과 근사하고 멋진 몸매에 만족감을 느끼지만, 오래 지나지 않아 모델로서 그들에게 커다란 결점이 있음을 알게 된다. "서툰 목수가 연장 탓한다며 나무랄지 모르지만, 어떤 자세를 취해봐도 그녀는 그 모든 차이를 없애버렸다. 그녀는 늘 귀부인이었고, 언제나 똑같은 귀부인이었다. 그녀는 진짜였지만, 언제나 똑같은 진짜였다. 자신이 진짜라는 사실에 대해 너무도 확신에 차 요지부동인 그녀의 모습에 나는 기가 질릴 지경이었다.”

이렇듯 모나크 소령 부부 깊숙이 자리 잡은 확고한 ‘진품성’은 화자가 구가하는 예술적 변용과 창조에 완강하게 저항하는 질곡으로 작용한다. 그들은 자신이 진짜 상류 계급의 모범적인 모델이라는 생각을 추호도 의심하지 않기에 끝내 자기 계급을 충실하게 재현하는 데조차 실패하고 만다. 결국 모나크 부부를 모델로 쓴다면 그들에게서 벗어나 자신이 표현하고자 하는 인물 속으로 들어갈 수 없음을 절감한 화자는 그들을 해고한다. 이 과정에서 화자는 첨과 이탈리아 출신 부랑자 오론테 같은 모델이 지닌 특별한 재능의 핵심을 깨닫게 된다. 그들에게는 집착하며 내세울 진품성 같은 것이 존재하지 않기에 자신의 품행과 존재를 본질화하여 구속하는 힘을 비웃듯 벗어나 “자신과 전혀 상관없는 인물을 표현할 수” 있었다.

헨리 제임스의 이 작품은 전형성과 재현을 둘러싼 사실주의적 통념을 비판하는 작품으로 이해될 여지가 많다. 도래한 ‘탈진실post-truth’의 시대에는 세상 어디에도

'진짜' 같은 것은 존재하지 않는다는 식의 상대주의적이고 허무주의적인 독법에 이끌릴 위험도 있다. 하지만 이 소설은 어디에도 진짜 같은 건 존재하지 않는다거나 때론 '가짜'가 더 진짜 같을 수도 있다는 역설을 범속하게 전하는 작품은 아니다. 그보다는 진짜에 대한 핍진한 재현의 노력이 오히려 진실한 예술적 창조에서 멀어지는 역설을 제기함으로써 예술의 진리는 진짜를 찍어내듯 모사하는 것이 아니라 진짜에 충실하되 그 진짜마저 넘어서려는 창조의 과정에 내재한다는 사실을 일깨우는 작품에 가깝다. 그렇다면 이 소설은 협소한 의미의 사실주의에 대한 비판은 될 수 있을지언정 시적 창조를 통해 현실에 대한 총체적인 형상화에 도달하는 것을 목표로 하는 리얼리즘에 대한 비판으로 성립하기는 어렵다. 리얼리즘은 진짜의 중요성을 그 어떤 이념과 사조보다 정확하게 파악하지만 진짜 그 자체를 움켜쥐는 데 만족하지 않고 '진짜의 참됨'을 되묻는 데까지 나아가기를 독려하기 때문이다. 리얼리즘이 "실제로 일어났던 일"뿐만 아니라 "일어나고 있는 일, 일어날 수밖에 없거나 일어나야 마땅한 일"까지 포괄하는 인식을 강조하는 이유가 여기에 있다.

나아가 우리는 이 소설을 예술적 재현을 둘러싼 아포리아에 천착한 작품으로 읽는 동시에 민주주의의 근본 조건을 탐색한 정치적인 작품으로도 읽어볼 수도 있을 것이다. 여기서 민주주의는 투표를 통해 인민의 대표를 선출하는 오늘날 대의민주주의가 아니라 고대 그리스에서 민주주의가 뜻했던 바대로 지배와 통치의 근거arche가 없는, '데모스'의 자기 통치 체제를 의미한다. 민주주의가 가장 강력한 평등의 체제인 이유는 그것이 '아무나' 혹은 '누구나'의 지배를 제도화하기 때문이다. 「진짜」에서 그와 같은 '데모스'의 형상을 대표하는 인물 첨과 오론테 같은 하층 계급 모델이다. 첨과 오론테는 소령 부부와 달리 결코 자신의 계급을 재현하는 도구에 그치지 않는다. 그들은 자신을 규정하는 사회적 계급을 뛰어넘어 다양한 사람들을 표현할 수 있는 매개로 존재한다. 이들의 변용하는 역량은 그들의 사회적 위치를 고정하는 힘을 가뿐히 뛰어넘는데 이런 변용의 힘이 예술을 통해 발현되고 있다는 점은 주목할 만하다.

마지막으로 살펴볼 안톤 체호프의 「내기」는 인간의 삶과 자유를 둘러싼 '진짜' 의미에 대해 돌아보게 만드는 작품이다. 이 소설은 은행가와 변호사 사이에 벌어진, 다소 황당한 내기를 바탕에 깔고 있다. 15년 전 가을, 은행가는 한 파티에서 사형제도를 둘러싸고 열띤 논쟁을 벌이게 된다. 논점은 사형과 종신형 중 어느 것이 더 도덕적이고 인도적인가 하는 것이다. 은행가는 사형을 지지했지만 스물다섯의 젊은 변호사는 국가가 인간의 생명을 빼앗을 권리는 없다며 종신형을 지지하고 나선다. 그러자 은행가는 젊은 변호사에게 독방에서 5년을 버티면 200만 루블을 주겠다고 제안했고 젊은 변호사는 한술 더 떠 5년이 아니라 15년을 버티겠다고 약속한다. 혈기 넘치고 남에게 지기 싫어하는 고집으로 똘똘 뭉친 남자들이 으레 벌일 법한 객기 어린 내기지만 사실 내기란 원래 그런 것이다. 내기는 그 점에서 도박은 물론이고 모험과도 다르다. 도박은 순수한 우연에 기대는 반면 내기는 주체의 능력(판단력이든 예측력이든 의지력이든)에 기댄다. 하지만 그 능력은 바깥 세계 전체를 대결의 상대로 삼는 모험과 다르게 어디까지나 개인의 범주를 넘지 않는다.

은행가는 자신의 예측력을 믿었고 젊은 변호사는 자

신의 의지력을 믿었을 것이다. 그렇게 젊은 변호사는 은행가의 정원 안에 있는 오두막에 자신을 15년 동안 가둔다. 은행가는 손쉬운 승리를 장담했지만, 젊은 변호사의 의지력은 그야말로 초인적인 것이었다. 그 안에서 젊은 변호사는 언어와 철학, 역사와 문학은 물론이고 의학과 신학에 이르기까지 온갖 책을 섭렵하면서 버티어 낸다. 약속한 15년을 하루 앞둔 날, 은행가는 목전에 닥친 자신의 패배 앞에서 전전긍긍한다. 다음 날이면 꼼짝없이 200만 루블을 젊은 변호사에게 줘야 하기 때문이다. 물론 15년이 지났으니 그 변호사를 더는 젊다고 말하기 어렵겠으나 그래봤자 그의 나이 마흔, 그가 곧 손에 쥐게 될 200만 루블과 함께라면 그의 앞길은 창창하다. 그에 비해 은행가는 변호사에게 200만 루블을 주고 나면 파산하여 빈털터리가 될 상황이다.

전전긍긍하던 은행가는 하나의 묘수를 떠올린다. 그건 몰래 오두막에 들어가 변호사를 살해하는 것. 그렇게 한 다음 범행을 경비원에게 뒤집어씌운다면 그는 소중한 200만 루블을 지킬 수 있을 것이다. 은행가는 변호사를 살해하기 위해 오두막에 몰래 침입하고 거기서

"피부가 뼈에 바싹 달라붙어 해골이나 마찬가지" 몰골을 한 변호사와 그가 탁자 위에 쓴 종이 한 장을 발견한다. 거기에는 놀랍게도 자신이 내기의 승리로 거머쥘 돈을 포기하며 이를 위해 다섯 시간 일찍 나가 내기를 파기하겠다는 선언이 쓰여 있었다. 변호사는 왜 15년 동안의 고행을 스스로 물거품으로 만드는 선택을 하게 된 것일까?

그는 감금된 채 15년 동안 지내면서 깊은 허무의 심연을 마주한 듯 보인다. 그는 삶은 죽음으로 향하는 긴 여정일 뿐이며 돈과 명예를 비롯한 세속적인 가치들 또한 결국 신기루에 지나지 않는다는 사실을 깨달았노라고 말한다. 그가 15년 동안 섭렵한 동서고금의 고전들은 그를 지상에서 가장 현명한 사람으로 만들어주었고 그 현명함은 그가 몸담고 있었던 내기를 더없이 어리석은 것으로 되비춘다. 사람들은 변호사가 이 내기에서 승리해 200만 루블을 얻는 것이 승리하는 길이라고 생각할 것이다. 한때는 그 역시 그와 같은 승리를 바라 마지않았지만, 그와 같은 욕망이 얼마나 덧없는 것인지를 깨달은 그는 은행가와의 내기를 파괴함으로써 진정

                                        저 사람은 왜 저럴까?

한 삶의 자유를 획득하고자 한다. 변호사는 처음에 객기 어린 내기로 시작했지만, 감금된 오두막 안에서 책을 통해 지성과 사유를 단련함으로써 끝내 자유를 향한 모험에 이르게 된다.

승리를 목전에 두고 스스로 포기해 버리는 변호사의 행동은 내기에서의 패배를 의미하는 것처럼 보인다. 하지만 변호사의 선택은 은행가의 삶과 실존 자체를 시험에 들게 함으로써 그를 더욱 큰 내기에 연루시킨다. 은행가가 그의 편지를 읽고 "지독한 모멸감"을 느끼는 장면은 이 내기에서 진짜 진 사람이 누구인지를 드러낸다. 하지만 은행가가 진정으로 패배하는 순간은 그 편지를 읽고 모멸감을 느꼈을 때가 아니라, 그렇게 큰 모멸감을 느끼고도 "혹시 나중에 골치 아픈 일이 생길지" 모른다는 두려움에 사로잡혀 황급히 그가 남긴 "200만 루블을 포기한다는 내용의 문서를 집안 금고 안에 확실하게 보관"하는 순간이라고 할 수 있을 것이다. 변호사는 그 한심한 내기를 통해 진정한 삶의 모험으로 나아갔지만, 은행가는 변호사가 등지고 떠난 거짓된 "환상" 의 세계에 여전히 붙들려 있기 때문이다.

IV.

이제까지 살펴본 다섯 편의 작품은 우리가 현재 속해 있는 세계의 형식에 대한 지성적인 인식의 계기를 던져주는 동시에 그 세계와 맞서는 개인의 숭고하고 비극적인 운동을 보여준다. 그 숭고한 비극성은 호손의 「검은 베일을 쓴 목사」와 카프카의 「단식 예술가」에서 가장 극대화되어 나타나며 맨스필드가 「미스 브릴」에서 보여준 풍자적인 비극성은 '미스 브릴'의 실패를 단지 그녀에게만 속한 것이 아닌 우리 모두의 것으로 끌어안게 하는 핍진함을 선사한다. 한편 헨리 제임스의 「진짜」는 진정한 삶에 대한 이상이 거듭 추구되고 좌절되는 우리의 삶 앞에 예술적 창조의 난경을 맞세움으로써 우리 역시 우리 삶의 창조자이며 그 과정에서 진정한 것을 어떻게 인식하고 추구해야 하는지에 대한 깨달음을 준다. 그 깨달음은 객기 어린 내기에서 시작했지만 끝내 진정한 자유에 대한 실존적 모험으로 나아가는 체호프의 「내기」에서도 역력히 드러난다.

여기 실린 작품에 등장하는 인물들은 현존하는 세

계에서 어딘가 조금씩 어긋난 인물들이다. 그 어긋남은 후퍼 목사처럼 자초한 것이기도 하고 모나크 소령 부부처럼 불운에 휘말려서 발생한 것이기도 하며 단식 예술가처럼 불가항력에 이끌린 것이기도 하다. 이 작품들을 읽으며 우리는 문학이란 바로 세계와 주체가 어긋나 삐거덕거리는 곳을 향해 내려 비추는 한 줄기 빛이라는 사실을 알게 된다. 그 빛은 흐릿하고 불투명해서 우리를 확고한 진리의 자리로부터 멀리 떨어트려 놓는 듯 보이지만 삶과 세계의 진실은 바로 그렇게 겹겹이 쌓인 불투명한 빛들로 둘러싸인 곳에 깃든다. 이것이 문학이 우리에게 드러내는 진리의 요체다.

문학평론가 한영인

질문들

캐서린 맨스필드 「미스 브릴」

01.

나를 버티게 하던 환상이 타인의 무례한 말 한마디에 부
서졌을 때, 우리는 다시 그 환상 속으로 들어가 이전과
같은 평온을 누릴 수 있을까요?

02.

악의 없는 비아냥과 의도적인 조롱 중, 타인의 존재를
더 깊게 지워버리는 폭력은 무엇일까요?

03.

당신은 누군가의 삶을 마치 연극처럼 무심하게 구경하
는 관객이었던 적이 있나요?

04.

소위 '늙었다'고 말하는 순간들이 있어요. 이때 우리가
불쾌한 이유는 나를 지키려는 방어기제 때문일까요, 아
니면 외면해 온 진실을 들켜서인가요?

헨리 제임스 「진짜」

01.

때로는 '가짜 나'로 연출하며 살 때 비로소 내가 더 선명
해지는 역설을 느껴 본 적 있나요?

02.

타인을 '있는 그대로' 보려고 하나요, 아니면 선입견으
로 미리 만든 틀에 상대를 억지로 끼워 맞추고 있나요?

03.

모나크 부부에게 예속되는 화자처럼, 우리도 타인의 시
선에 길들여져 나만의 목소리를 잃어버린 적이 있나요?

04.

자신의 감각을 망가뜨린 만남을 '상실의 기억'으로 생각
한다는 의미는 무엇일까요?

안톤 체호프 「내기」

01.
변호사가 보상을 눈앞에 두고 세상을 경멸하며 떠난 것
은 초월의 몸짓일까요, 아니면 세상에 대한 지독한 냉소
일까요?

02.
우리 또한 부와 명예가 아닌, 단지 '내가 옳다'는 것을
증명하기 위해 스스로를 감옥에 가둔 적이 있나요?

03.
변호사의 편지를 읽고 눈물 흘린 은행가의 행동은 '진정
한 참회'였을까요, 아니면 살인자가 되지 않았다는 안도
감이 만든 '자기기만'이었을까요?

04.
인생의 15년을 건 내기가 끝난 뒤, 한 사람은 부를 지켰
고 또 한 사람은 진리를 얻은 것처럼 보이는데요. 승리
란 무엇이며, 과연 누가 진정한 승자일까요?

프란츠 카프카 「단식 예술가」

01.
단식이 단지 '제 입에 맞는 음식을 못 찾았기 때문'이라
고 내린 결론처럼, 우리도 사실은 다른 선택지가 없는데
재능이라 믿으며 매달리는 일이 있을까요?

02.
나에게는 당연한 본능이 타인에게는 '대단한 노력'으로
오해받고 있다면, 당신은 그 오해를 바로잡고 싶나요,
아니면 계속 즐기고 싶나요?

03.
예술가가 사라진 후 등장한 우리(cage) 속 표범은 어떤
의미를 가진다고 생각하나요?

04.
단식 예술가는 마지막 순간, 왜 용서를 구했을까요? 사
람들에게 감탄받길 원했던 것에 대한 사죄였을까요, 아
니면 세상에서 잊히지 않기 위해 던진 허망한 고백이었
을까요?

너새니얼 호손 「검은 베일을 쓴 목사」

01.
어느 날 갑자기 베일을 쓰고 나타난 목사의 행동이 우리
를 불편하게 하는 이유는 무엇일까요?

02.
왜 목사는 "우리가 모두 우리의 베일을 벗는 날이 오면"
베일을 쓴 이유를 말해 주겠다고 했을까요?

03.
사랑하는 사람의 요구조차 밀어내며 끝까지 베일을 고
수한 선택은 신념일까요, 아니면 스스로에게 내린 형벌
일까요?

04.
검은 베일을 쓴 목사처럼, 얼굴을 드러내지 않은 사람에
대한 신뢰가 가능할까요?

다섯 작가의 흥미로운 연결 고리

『저 사람은 왜 저럴까?』단편선에 등장하는 다섯 명의 작가는 서로 다른 나라에서 태어났지만, 문학이라는 거대한 그물망 안에서 흥미롭게 연결되어 있습니다.

1. 헨리 제임스와 너새니얼 호손: 아버지의 친구와 그의 평전 작가

헨리 제임스의 아버지(헨리 제임스 시니어)는 호손과 친분이 있었습니다. 하지만 더 재미있는 사실은 헨리 제임스가 호손을 주제로 한 최초의 본격적인 비평서『호손』(1879)을 썼다는 점입니다. 제임스는 호손을 "미국이 낳은 가장 고귀한 문학적 영혼"이라 칭송하면서도, 그의 작품이 가진 '미국적 한계'를 날카롭게 비판하며 자신의 문학적 입지를 다졌습니다.

2. 캐서린 맨스필드와 안톤 체호프: 뉴질랜드에서 온 '체호프의 딸'

맨스필드는 생전에 "나의 스승은 오직 체호프뿐이다"라고 공공연하게 말할 정도로 그를 숭배했습니다. 그녀의 초기 단편「피로한 아이」는 체호프의「자고 싶다」를 오마주(혹은 표절 의혹이 있을 만큼 밀접하게 참조)한 것으로 유명합니다. 당시 영국 문단은 그녀를 "영국의 체호프"라고 불렀으며, 그녀는 체호프의 서신을 읽으며 그의 '객관적 태도'를 자신의 문체로 녹여냈습니다.

3. 체호프, 카프카, 맨스필드: 세 거장을 앗아간 질병, 결핵

체호프, 카프카, 맨스필드 세 사람 모두 결핵으로 세상을 떠났습니다. 체호프는 의사였음에도 자신의 병을 비교적 담담하게 직시한 인물로 그려지고, 카프카는 병세가 악화되던 마지막 시기에도 원고 교정에 마음을 쏟았다는 이야기가 전해집니다. 맨스필드는 요양지를 전전하며 글쓰기를, 자신을 지탱하는 방식으로 붙들었다고 알려져 있습니다.

4. 카프카, 맨스필드, 제임스, 호손: 그들의 마지막 편집은 '태우기'

카프카가 죽기 전 친구 막스 브로트에게 자신의 원고를 모두 태워 달라고 당부했다는 일화는 널리 알려져 있습니다. 그런데 이런 욕망은 카프카만의 것이 아니었습니다. 캐서린 맨스필드 역시 유언장에 가능한 한 적게 출판하고 가능한 한 많이 폐기해 달라는 취지의 당부를 남겼습니다. 하지만 그녀의 남편 존 미들턴 머리는 이를 그대로 따르기보다 원고와 기록을 보존·편집해 출간했고, 그 선택은 맨스필드가 사후에 더 널리 읽히는 계기가 되었습니다. 헨리 제임스는 말년에 서신과 문서 일부를 정원에서 정리하며 모닥불에 원고를 태우기도 했고, 너새니얼 호손 또한 출판이 뜻대로 풀리지 않던 시질 초기 원고를 회수해 파기(소각)했다는 기록이 전해집니다.

5. 버지니아 울프로 연결되는 헨리 제임스와 캐서린 맨스필드

헨리 제임스는 버지니아 울프의 아버지 레슬리 스티븐 집안과 인연이 있던 문인입니다. 훗날 울프는 제임스의 작품을 꾸준히 읽고 비평하며, 그의 정교한 심리 묘사와 문장 감각을 하나의 기준점으로 삼았습니다. 한편, 울프는 동시대의 캐서린 맨스필드를 강하게 의식했습니다. 맨스필드의 글쓰기를 두고 "내가 유일하게 질투한 글"이라는 취지의 말을 남길 만큼, 그녀는 울프에게 자극이었습니다. 맨스필드가 죽은 뒤 울프는 상실감과 우울을 기록했습니다.

캐서린 맨스필드 Katherine Mansfield (1888~1923)

1888

10월 14일, 뉴질랜드 웰링턴에서 은행가의 딸로 태어남. 아름답지만 답답한 식민지 상류층 사회에서 유년기를 보냄.

1903~1908

런던 퀸즈 칼리지에서 첼로와 문학에 심취. 뉴질랜드로 돌아갔으나 다시 런던으로 영구 이주하여 자유로운 보헤미안의 삶을 시작함.

1922

단편집 『가든 파티』 출간(이 단편집에 「미스 브릴」 수록).

1923

프랑스 퐁텐블로 구르지예프 연구소에서 요양 중 결핵 악화로 사망(향년 34세).

1911~1918

1911

첫 단편집 『독일 하숙집에서』 출간.

1917

결핵 진단. 끊임없는 요양 생활 속에서도 「전주곡」 등 걸작 집필.

1920

단편집 『행복』 출간. 버지니아 울프가 "내가 유일하게 질투하는 작가"라고 평할 정도로 문학적 명성을 확립함.

단편 「미스 브릴」, 영국 문예지 『The Athenaeum』에 첫 발표(11/26).

헨리 제임스 Henry James (1843~1916)

1843

4월 15일, 미국 뉴욕에서 저명한 지식인 가문에서 출생. 어린 시절부터 유럽을 여행하며 국제적 감각을 키움.

1875~1876

파리에서 플로베르, 졸라 등과 교류 후 런던으로 이주. 본격적인 '국제적 주제' 탐구 시작.

1898

중편 『나사의 회전』 발표.

1902~1904

1902

후기 대표작 『비둘기 날개』 출간.

1903

예술적 완성도가 절정에 달한 장편 『대사들』 출간.

1904

마지막 완성 장편인 『황금 그릇』 출간.

1878~1881

미국과 유럽의 문화적 충돌을 다룬 중편 소설 『데이지 밀러』 출간. 제임스에게 첫 대중적 명성을 안겨줌.

1881

장편 『어느 여인의 초상』 출간.

1892

단편 「진짜」 발표, 영국 잡지 『Black and White』에 게재(이후 1893년 단편집 『The Real Thing and Other Tales』 수록).

1916

2월 28일, 영국 런던에서 72세의 일기로 사망. 사망 전해(1915)에 영국 시민권을 취득함.

안톤 체호프 Anton Chekhov (1860~1904)

1860~1861

1월 29일, 러시아 타간로크에서 상인의 셋째 아들로 태어남. 1861년 러시아에서 농노제가 폐지됨. 체호프의 조부는 농노였고(가족의 자유를 사서 해방되었다고 전해진다), 농노의 기억이 남은 가계에서 성장함.

1879

모스크바 의대 입학.

가족 부양을 위해 안토샤 체혼테라는 필명으로 유머 잡지에 글을 기고하기 시작함.

1890

유형지 실태를 조사하기 위한 고난의 여정. 훗날 논픽션 『사할린섬』의 바탕이 됨.

1892

의료 활동과 창작을 병행.

〈6호 병동〉 발표.

1904

『벚꽃 동산』 발표(체호프의 마지막 희곡).

7월 15일 독일 바덴바일러에서 결핵으로 사망(향년 44세).

1884~1888

1884

의대 졸업 그리고 첫 단편집 『멜포메네의 이야기』 출간.

1888

「광야」, 「등불」 발표

푸시킨 상 수상으로 문학적 명성 획득함.

1889

단편 「내기」 발표(1888년 12월 집필, 『노보예 브레먀』 1889. 1. 16).

같은 해, 희곡 『숲의 정령』 발표(훗날 『바냐 아저씨』의 모태가 됨).

1896~1899

1896

『바냐 아저씨』 공연 시작. 건강 악화로 얄타로 이주.

1898

『갈매기』 상트페테르부르크 초연 실패 후, 모스크바 예술극장에서 재공연하여 대성공.

1901

희곡 『세 자매』 발표.

배우 올가 크니퍼와 결혼.

프란츠 카프카 Franz Kafka (1883~1924)

1883

7월 3일, 체코 프라하에서 유대인 상인 헤르만 카프카의 장남으로 태어남. 평생 아버지의 그늘과 갈등 속에서 살게 됨.

1906~1908

법학 박사 학위 취득 후 노동자 재해 보험국에 입사. 낮에는 유능한 관료로, 밤에는 고독한 작가로 살아가는 이중생활이 시작됨.

1915

1915

중편 『변신』 출간.

1917

각혈 후 폐결핵 진단 받음.

펠리체와 두 번째 파혼.

1922

『단식 예술가』 집필 및 『성』 집필 시작(폐결핵 악화로 휴직).

1912

단편 「판결」을 하룻밤 만에 집필하며 작가로서의 확신을 얻음.

연인 펠리체 바우어와의 만남.

1914

『소송』 집필 시작.

1924

6월 3일, 오스트리아 키를링 요양원에서 사망(향년 40세).

너새니얼 호손 Nathaniel Hawthorne (1804~1864)

1804

7월 4일, 미국 매사추세츠주 세일럼에서 출생. 선조가 세일럼 마녀재판의 재판관이었다는 사실에 부끄러움을 느껴 성(Hathorne)에 'w'를 넣어 개명함.

1837

대학 동창인 시인 롱펠로의 도움으로 단편집 『트와이스 톨드 테일즈』 출간(이 단편집에 「검은 베일을 쓴 목사」 수록). '에드거 앨런 포'로부터 "천재적인 작가"라는 찬사를 받으며 이름을 알림.

1851

장편 『일곱 박공의 집』 출간.

1864

5월 19일, 피어스 전 대통령과 뉴햄프셔 여행 중 플리머스에서 수면 중 평화롭게 별세(향년 59세).

1846

단편집 『낡은 목사관의 이끼』 발표.

콩코드의 '구 목사관(Old Manse)'에서 신혼 생활을 하며 집필.

1850

장편 『주홍 글자』 출간.

미국 문학의 고전으로 자리 잡으며 작가로서 부와 명성을 동시에 얻음.

타인을 통해 나를 보는 문학 단편선

저 사람은 왜 저럴까?

초판 1쇄 발행 2026년 1월 19일
ISBN 979-11-92514-21-5 (03800)

글쓴이	캐서린 맨스필드 | 헨리 제임스 | 안톤 체호프
	프란츠 카프카 | 너새니얼 호손 | 한영인(문학평론가)
옮긴이	이정경
엮은이	남우주
펴낸곳	도서출판 우주상자
교정·교열	우주상자 편집부
디자인	스튜디오 우주상자
인쇄	재영P&B
출판등록	제 2019-000099호

@ woojoosangja@gmail.com   pub.woojoosangja